柑橘ゆすら
イラスト 青乃下
キャラクター原案 長月郁
3
王立魔法学園の最下生
～貧困街《スラム》上がりの最強魔法師、貴族だらけの学園で無双する～

レナ
アルスの同級生。
密かにアルスに想いを寄せる。
ルウ
レナの幼馴染。
その生い立ちには暗い過去が…？
アルス・ウィルザード
昼は王立魔法学園の学生。
夜は魔法師ギルド《ネームレス》の暗殺者《アサシン》。
素性を隠して暗躍する最強の魔法師。
サッジ
アルスをアニキと慕う、
魔法師ギルド《ネームレス》
のメンバー。
猛牛《バッファロー》の呼び名で知られる
二つ星《ダブル》の貴族。

マリアナ
若き日のアルスに魔法の稽古をつけた三つ星《トリプル》の貴族。
ロゼ
《ネームレス》を裏切り、現在は《神聖騎士団》に所属する若き魔法師。アルスの直属の後輩だったが、価値観の違いから決別した。

「ひぃっ……⁉」
今までのやり取りで、
実力の差を悟ったのだろう。
背中を向けた男は、
逃走を始めたようである。
やれやれ。

肝心の『眼力』も背を向けたら、
台無しというものである。
俺は逃げ惑う男の背中に向けて、
銃のトリガーを引くことにした。
「哀れな蛙《やつ》だ。
井戸の中から出なければ、
鳥《オレ》に食われることも
なかったものを」

「……ワタシ、
気付いているんです。
アルスくんはルウと、
先の関係に進んでいること」
知っていたのか。
たしかに『魔力移し』を行う
際に肉体関係を結ぶことは、
闇の世界では広くに
行われていることである。

「……ワタシにも、同じことをしてもらえないでしょうか？」
ギュッと俺の体を抱きしめながらレナは言った。

CONTENTS

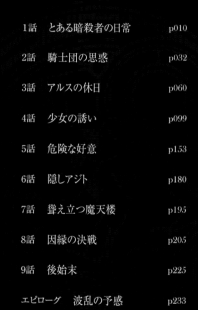

THE IRREGULAR OF
THE ROYAL
ACADEMY OF MAGIC

ダッシュエックス文庫

王立魔法学園の最下生3

～貧困街《スラム》上がりの最強魔法師、貴族だらけの学園で無双する～

柑橘ゆすら

1話　とある暗殺者の日常

俺こと、アルス・ウィルザードは幼い頃より、闇の世界に身を置いている魔法師である。

色々と訳あって、魔法学園に通い始めてからというもの俺は、慌ただしい日常を過ごしていた。


「な、なんだよ……！　この化物は……！」


時間や、場所は問わない。

煙と血の臭《にお》いで汚れた場所が、俺の仕事場だ。

ターゲットに狙いを定めた俺は、銃のトリガーを引き、護衛の魔法師の体に弾丸を打ち込み続ける。

「おい！　誰か、このガキを止めてくれ！」

「このクソッ！　なんて出鱈目《でたらめ》な動きをしやがる！」


今日の仕事は、この街に巣くう麻薬商人の取り締まりである。

ギャレッド・オスカード。

ここ最近、不夜の街で流行しているＤＤ《ディーツー》の取引で、頭角を現してきた闇の商人である。

ＤＤ《ディーツー》は、使用した人間の精神状態を高揚《こうよう》させ、肉体と魔力を強化する効果のある違法薬物だ。

この薬物の出現によって、街の治安は悪化の一途《いっと》を辿《たど》っていた。


「静まれ！　野郎ども！」


立ちはだかる魔法師たちを蹴散《けち》らしていくと、やがて部屋の奥から一人の男が現れる。

眼帯を身に着けた恰幅《かっぷく》の良い男だ。

事前に伝えられていた外見の特徴と一致する。

間違いない。

この男こそが、今回の依頼で仕留めるべきターゲットなのだろう。

「そうか……。お前が死運鳥《ナイトホーク》か。お前の噂《うわさ》はオレ様の耳によーっく入っているぜ。裏の世界で最も恐れられている王室御用達《ロイヤルワレント》の暗殺者《アサシン》！」

そりゃどうも。

ここ最近、《暗黒都市《パラケノス》》の治安が悪化するに比例して、俺の稼働率《かどうりつ》も上がっているからな。

以前にも増して、俺の知名度は上がってしまっているのだろう。

「クカカカ！　後悔《こうかい》するんだな！　今日という日がお前の命日だ！」

次に男の取った行動は、俺にとっても予想外のものであった。

何を思ったのか男は、自らの右腕に注射器を刺し始めたのである。

「見える……！　見えるぜぇ！　お前が泣き喚《わめ》いて、命乞《いのちご》いをする姿が！」

おそらく注射器の中には、液化したDD《ディーツー》が入っていたのだろう。

男が薬物を摂取《せっしゅ》した次の瞬間。

ターゲットの体は不自然なまでに膨張《ぼうちょう》して、筋肉の鎧《よろい》を身に纏《まと》うことになった。

「フハハハ。コイツは極上《ごくじょう》の品だ。力が溢《あふ》れてくるぞ……！」

この表情、完全に薬物中毒の症状が現れているな。

肉体の強化以外の目的でも常習的に薬物を使用しているようだ。

まったく、麻薬商人が麻薬に溺《おぼ》れるとは、呆《あき》れるばかりである。

もちろん俺は、敵が戦闘の準備を整えるまでの時間を待っているほど物好きではなかった。

タンッ！　タンッ！　タンッ！

部屋の中に乾いた銃声が響き渡る。

敵の準備を待たずして俺は、ターゲットの体に、三発の銃弾を撃ち込んでやることにした。

「ハッハー！　効かねえな！　そんな鈍《なまくら》！」

DD《ディーツー》の摂取によって、戦闘能力を上げた結果だろう。

俺の攻撃を受けたターゲットの男は、容易《たやす》く素手で銃弾を弾き返していく。

面倒だな。

仕事の際は、『可能な限り魔法を使わない』というのが俺の信条である。

魔法を使用する際に発生する『魔力の残滓《ざんし》』は、実のところ、個人情報の塊《かたまり》である。

優れた魔法師の手によって解析をされると、魔法師の実力、体調、年齢、性別、戦闘のスタイルに至るまで、白日《はくじつ》の下《もと》に晒《さら》すことになるのだ。


「死んどけやああああああああああ！」


攻撃を防いで調子に乗った男は、俺に向かって突進してくる。

取り立てて何の戦略性も感じられない、感情に任せた攻撃だ。

やれやれ。

この程度の準備で、俺を倒そうと考えていたのだとしたら、思い上がりも甚《はなは》だしいな。

《暗黒都市《パラケノス》》に出回っているという俺に関する噂も、随分《ずいぶん》と過小に評価されたものである。

身体強化魔法発動――《指力強化》。

そこで俺が使用したのは、己の指先にのみ魔力を集中させる身体強化魔法であった。

今回の敵を相手にするには、これくらいの魔法で十分だろう。

部分的な身体強化魔法であれば、発生する魔力の残滓も最小限の微量に留めておくことができる。

俺は強化した指先を男の額に軽く当ててやることにした。

「バ、バカな……！　なんだ……。このパワーは……！」

敵の動きを封じるために手足を縛《しば》る必要は何処《どこ》にもない。

真の強者《つわもの》であれば、指先一つで相手を意のままに操ることすら可能なのだ。

「ハハッ……。嘘だろ……!?　か、体が動かねえ……」

俺の体に触れたことで力の差を悟ったのだろう。

動きを止められた男は、たちまち顔面を蒼白にしているようであった。

間髪《かんはつ》容《い》れずに俺は、指先に力を入れて男の額を弾き飛ばしてやることにした。

「ぐぎゃっ⁉」

男の体が小石のように吹き飛んで、部屋の奥の壁に激突する。

この程度の相手であれば、身体強化魔法を使用するまでもなかったな。

他愛《たわい》ない。

作りものの筋肉が、実戦の中で培《つちか》った本物の筋肉に勝てる道理はないのである。

「ぬおおおおおおおおおお！　全速前進！」

ターゲットを仕留めてから暫《しばら》くすると、馴染《なじ》みのある声が聞こえてきた。

「うおっ！　もう終わっていたんスね！　流石《さすが》はアニキ！　仕事が早いッス！」

分厚い石壁を突き破り、俺の前に現れたのはトサカ頭をした強面《こわもて》の男である。

男の名前はサッジという。

俺と同じ裏の世界に生きる魔法師であり、魔法師ギルド《ネームレス》に所属する後輩であ

る。

何かにつけて力任せの仕事振りを見せることから、組織から猛牛《バッファロー》の通り名を与えられた男であった。

「いや～。アニキと一緒の時は、仕事が暇で仕方がないッスよ～」

サッジからしたら、今回の仕事は不完全燃焼に感じられたのかもしれないな。

実際のところ、サッジと仕事をする時は、比較的、負担の少ない仕事ばかりを任せている気がする。

何故だろう。

実力的には問題ないはずなのだが、コイツの場合、肝心《かんじん》な場面でミスを犯すような気がしてならないのだ。

「そうだ！　せっかくですし、今日は飲みに行きましょうよ！　アジトの近くに美味《うま》い麦酒《ビール》を出す店を見つけたんスよ！」

やれやれ。

敵地のド真ん中でまで、遊びのことを考えているとは能天気な奴である。

こういうところが、信用して仕事を任せられない理由であるのだ。

「ふふふ。今夜は飲み歩くッスよー！　オレがキレイな姉ちゃんたちのいる店を紹介しますよ！」

返事をしたわけでもないのにサッジの頭の中は、完全に仕事の後のことで一杯になっているようであった。

さて。

サッジの奴は完全にオフのモードに入っているが、ハッキリいって今の状況は最悪といって良い。

「いや。残念ながら、まだ仕事は終わっていないみたいだぞ」

視《み》られているな。

敵の数はおそらく十人を超えているだろう。

気配の質から察するに今回の相手は、先程の男たちとは比べ物にならないほど厄介《やっかい》なものである。

「ぬおっ！　何奴《なにやつ》！」

サッジも遅れて敵の気配に気付いたようだ。

俺たちの視線は、自然と、敵の気配を感じる奥の扉に向いた。

「ふふふ。ゴミ掃除《そうじ》のために来てみれば、とんだ大物に出会えたみたいですねえ」

自然な足運びで俺たちの前に現れたのは、紺《こん》色の隊服を身に纏《まと》った黒髪メガネの男であった。

知らない顔だな。

男の目的は分からないが、彼らが何者なのかについては、身に纏う衣装を見れば、理解することができる。

「死運鳥《ナイトホーク》。貴方《あなた》の噂《うわさ》はかねがね聞いていますよ」

襟元《えりもと》に二つ星《ダブル》の勲章がある。

高位の貴族だ。

この男、今まで戦ってきた敵とは少し毛色が違うようだな。


「アニキ……！　コイツらは一体、なんなんスか！」


サッジの奴は動揺《どうよう》しているようだが、男の正体については、心当たりがあった。

この国には治安を維持するために設立された組織は、大きく分けて二つある。

一つは、俺たちの所属する《ネームレス》。

もう一つが、古くより街の治安を維持するために存在している《神聖騎士団》である。

元をただせば、俺たちの組織は、《神聖騎士団》では対処のできない『汚れ仕事』を引き受けるために派生して、誕生したものだったのだ。


「――公安騎士部隊一課。略して、《公安一課》と呼ばれる連中だろうな」

騎士部隊の中でも、《公安一課》は、血の気の多い連中が集まっていることで有名だ。

総勢二千を超えるメンバーと七つの部隊を保有している《神聖騎士団》であるが、採用条件を『家柄不問』として、徹底した実力主義を掲《かか》げているのは、この《公安一課》くらいのものである。

彼らは危険度の高い仕事を担《にな》うことが多く、過去には俺たち《ネームレス》のメンバーと衝突したこともあったそうだ。

「さて。改めて、自己紹介をしましょうか。ワタシの名前はクロウ。光栄ですねえ。伝説の暗殺者《アサシン》様に認知して頂けるとは」

クロウと名乗る男は、怜悧《れいり》な眼差《まなざ》しを向けたまま、微塵《みじん》も敬意を感じられない声音《こわね》で一礼をする。

「なんの真似《まね》だ？　言っておくが、俺はお前たちと事を構えるつもりはないぞ」

ここは不夜の街、パラケノス。

本来であれば、騎士団の連中が立ち入ることのないエリアであった。

《暗黒都市《パラケノス》》で起きた事件については、俺たち《ネームレス》が処理するのが、騎士団の連中との間に交わされた暗黙のルールであったのだ。

「なあに。簡単なことですよ。今夜より、このエリアは我々が管轄《かんかつ》します」

表情を崩したクロウは、俺たちに向かって明確な殺気を向けてくる。

「失せろ。ゴミに群がるネズミどもが。王族御用達《ロイヤルワレント》だかなんだか知らないが、ワタシは断じて貴様を認めていない！」

早くも正体を現したな。

クロウから合図を受けたタイミングで、騎士部隊のメンバーは、俺たちに銃口を向け始める。

はあ。

誰の差し金なのか分からないが、随分《ずいぶん》と面倒なことになっているようだな。

たしかに《ネームレス》と《神聖騎士団》は昔から犬猿の仲であったが、お互いに争う理由は本来何処《どこ》にもないはずである。

「撃て！　その痴《し》れ者《もの》を排除しろ！」

「「「ハッ……！」」」

リーダーであるクロウが指示した次の瞬間。

俺たちの方に銃弾の嵐が飛んでくる。

やれやれ。

こうも簡単にトリガーに手をかけるとは。

話に聞いていた通り、血の気の多い連中である。

付与魔法発動――《耐性強化》。

俺は身に纏うコートに魔力を流すことによって、簡易的な盾として使用することにした。

組織から与えられたコートは特別製だ。

希少生物のグリフォンの羽をふんだんに編み込んだ黒色のコートは、魔力をよく通して、強度についても申し分ない。

身に着けていたコートを脱いだ俺は、素早く弾丸を受け流していく。

「んぎゃあああああああああああああああああああああああああああああああああ！」

回避に失敗したサッジは、さっそく弾丸の嵐を浴びることになったようだ。

「痛えっ！　痛えっ！」

身体強化魔法による防御は間に合ったようなので命に別状はなさそうだが、勢い良く地面を転がり回っている。

ふむ。

少しだけ心配だったが、これだけ銃弾を浴びても大したダメージを受けている様子が見えないな。

凄《すご》いのだか、凄くないのだか、よく分からないやつである。

「もういい！　雑魚《ざこ》の相手は！　死運鳥《ナイトホーク》を狙い撃て！」

どうやら敵の狙いは俺一人に絞《しぼ》られたようだ。

俺は縦横無尽《じゅうおうむじん》に部屋の中を飛び回り、敵の攻撃を避け続ける。

さて。

ここで反撃を試みることは簡単であるが、仮にも相手は政府の首輪が付いた人間である。

もしも何かの拍子で殺してしまったら、後に禍根《かこん》を残すことになるかもしれない。

仕方がない。

不測の事態を考慮《こうりょ》して、ここは消極策を取ることにするか。

そう考えた俺は近くにあった消火器に向けて、銃弾を放った。


フシュウウ！

次の瞬間、穴の開いた消火器は部屋の中に白煙を撒《ま》き散らす。

「おい！　一体、何がどうなってやがる！」

「クソッ！　前が見えねえ！」


男たちの攻撃の手が止まる。

当然の話だ。

これだけ視界が悪くなると、味方同士で撃ち合う可能性が高くなるからな。

いかに《家柄不問》の実力主義で集められた《公安一課》であっても関係がない。

将来の出世を目指す《神聖騎士団》の人間ならば、絶対に取りたくないリスクなのだろう。


「サッジ。一旦、撤退《てったい》するぞ」

「へいっ！　ただいま！」


敵の指揮系統が混乱している今が、戦線を離脱する最大のチャンスだろう。


「クソッ！　煙幕とは卑怯《ひきょう》な奴だ！」

「正々堂々と勝負したらどうなんだ！」

男たちの怨嗟《えんさ》の声が聞こえてくる。

悪いな。

俺のような貧困街《スラム》上がりの人間は、目的のために手段を選んでいられるほど与えられた選択肢《せんたくし》が多くはなかったのだ。


バリンッ！

俺は近くにあった窓ガラスを蹴破《けやぶ》ると、サッジを連れて、建物の中から脱出することにした。

「ふふふ。チェックメイトです」


脱出の瞬間、意味深に笑うクロウと目があった。

ほう。

この状況下の中でも一人だけ、冷静な人間がいたようだな。

俺が脱出の経路にガラス窓を使うことを事前に想定していたのだろう。

クロウは空中に飛び出して、身動きが取れなくなっている俺に向かって、立て続けに銃弾を撃ち込んでくる。

ふうむ。

流石《さすが》にこのタイミングでは攻撃を躱《かわ》すことは難しそうだな。

「風迅盾《ウインドシールド》！」

そう判断した俺は目の前に風の盾を作って、攻撃を防ぐことにした。

「チッ……。読まれていましたか……」

狙いとしては悪くなかったが、俺を仕留めるには火力が足りていなかったな。

完璧《かんぺき》なタイミングで不意を衝《つ》かない限り、銃弾で俺にダメージを与えるのは難しいだろう。

「サッジ。撤退するぞ」

「へいっ！　ただいま！」

地面に足をつけた俺たちは、夜の闇に紛《まぎ》れるようにして戦線を離脱する。

「ふふふ。これで逃げられると思ったら大間違いですよ。都会のカラスは執念深い。危害を加えた人間の顔を決して忘れませんから」

逃走する俺たちのことを見下ろしながら、男はそんな台詞《せりふ》を吐き捨てる。

ふう。

仕事の際は極力、属性魔法を使わないと決めているのだが、今回は珍しく自分のルールを破ってしまったな。

公安騎士部隊一課、クロウか。

この俺に防御魔法を使わせるとは、油断のならない男に出会ってしまったものである。

──2話── 騎士団の思惑

その日の夜。
《暗黒都市《パラケノス》》で俺たちが《神聖騎士団》の連中と遭遇《そうぐう》してから直ぐのこと。
本日の仕事を終えた俺は、親父《おやじ》の待っている酒場にまで足を運ぶ。

【冒険者酒場　ユグドラシル】

《暗黒都市《パラケノス》》の裏路地にひっそりと存在するこの酒場は、俺たち組織が頻繁《ひんぱん》に利用する店であった。今回起こった不測の事態について俺は、親父に報告することにした。

「そうか……。ついにこの地区にも、公安の連中が押し寄せてくることになったか……」

グラスを片手に上機嫌に笑うこの男の名前は、ジェノス・ウィルザード。

血は繋《つな》がっていないが、戸籍上は俺の父親ということになっている。

親父の仕事は、組織と依頼人の政府関係者を繋ぐ、交渉役である。

昔は《金獅子》の通り名を与えられた凄腕《すごうで》の暗殺者《アサシン》だったらしいのだが、俺が組織に入るのと入れ替わるようにして、現場からは離れるようになっていた。

「どうして連中が俺たちのシマに？」

本来であれば《神聖騎士団》の人間は、《暗黒都市《パラケノス》》の事件に関与することはない。

この《暗黒都市《パラケノス》》の治安を維持するのは、俺たち《ネームレス》の役割であるからだ。

「騎士団の組織構造も一枚岩ではない、ということだな」

麦酒《ビール》の入ったグラスをテーブルに置いた親父は、意味ありげな台詞を口にする。

「《公安一課》に出資している貴族連中は、強欲で、手段を選ばないことで有名だ。おそらく連中の狙いは、この《暗黒都市《バラケノス》》の収益《シノギ》だろうな」

なるほど。そういえば、以前に聞いたことがある。

《神聖騎士団》には、一課から五課までの部隊があり、それぞれ出資している貴族が異なるそうだ。

市民の抱いている『正義の組織』というイメージは仮初《かりそめ》の姿に過ぎない。

貴族同士の争いに利用されることも頻繁にあるのだ。

内側は外からは想像がつかないほどにドロドロで、俺たちほどではないにしても、相応に汚れ仕事を請け負うこともあるようだ。

「……この《暗黒都市《バラケノス》》の経済も、貴族連中が無視できない規模に成長してきたということだろうな」

貴族同士の、利権を巡る争いか。

皮肉なものだな。

この《暗黒都市《パラケノス》》は、公的な権力者、貴族たちに見放されたことによって、発展を遂《と》げてきた街だ。

清い水には棲《す》めない魚がいる。

王都から追放された無法者たちが集まることによって、この街は独自の文化が花開くことになったのだ。


「公安の動向が気になるか？」

「別に。業務上、必要な情報だったというだけだ」

「ククク。まあ、そう言うな。公安にはお前の『元相棒』であるアイツが所属しているのだろう？」

「…………」


俺は、面白半分でからかう親父の言葉を、無言のまま聞き流す。

たしかに《公安一課》というと、俺にとっての後輩だった『アイツ』が所属しているはずである。

奴の持った歪んだ正義感は、致命的なまでに俺たち組織と相容《あいい》れなかった。

『先輩が悪いんですよ。ボクの願いを聞き入れてくれないから』


今でも、時折、奴の顔を思い出すことがある。

返り血を浴びて、刀を持った奴が、膝をついている俺を見下して蔑《さげす》んでいる姿を。

だが、今となっては既にどうでも良い話だ。

あの男、ロゼは、俺にとっては、とっくに決別した過去だからな。

〰〰〰〰〰〰〰〰〰〰〰〰

それから。

俺たちが《神聖騎士団》の連中と衝突してから一夜が過ぎた。

眠気に耐えながら俺が向かった先は、今年になってから通い始めた魔法学園であった。

流石《さすが》は、全国から選ばれた貴族のみが通うことのできる学園である。

いつ見ても見事な造形だ。

全体を竜の彫刻によって彩られた、石造りの校舎は、建物というよりも美術品のようである。

『アル。この件に関しては、他言無用だ。暫《しばら》くは結論を保留させてほしい』


結局、親父からは具体的な解決策は示されることはなかったな。

だがまあ、親父の考えも分からないでもない。

今回の相手は、今まで戦ってきた悪党たちとは少し違う。

単純に戦闘で解決できる問題でもないのだろう。

まったく、ただでさえ、このところ忙しいというのに厄介《やっかい》な連中に目を付けられてしまったものだな。

さて。

そんなことを考えていると、いつもの教室に到着したようだ。


「あっ。おはよう。アルスくん」


最初に俺に声をかけてきたのは、青髪のショートカットが特徴的なルウという女であった。

おっとりとした柔らかい雰囲気《ふんいき》に騙《だま》されてはならない。

暫く接して分かったのだが、このルウという女は、なかなかに腹黒い面があり、気の抜けないところがあった。

「どうかしたの？　今日は少し元気がなさそうに見えるけど」

「……ああ。昨日は少し夜更かしをしてしまってな」

むう。自分の体調について、なるべく他人に悟られないように気を遣っていたのだが、勘の鋭いルウには気付かれていたようだ。

「アルスくん。夜更かしはダメですよ」

続いて俺に声をかけてきたのは、赤髪のお団子&ツインテールが特徴的なレナという女であった。

こっちのレナは、ルウと違って、直情的な行動派である。

優等生的な雰囲気を醸《かも》し出しながらも、無駄に行動力のあるレナは、ルウとは違った意味で厄介な性格をしていた。

「よく学び、よく眠る。それこそがワタシたち学生の役割ですから！」

「…………」

俺が睡眠不足である理由の一端は、お前たちの訓練に付き合っているからなのだけどな。

と言いたいところではあるのだが、これに関しては言葉を噤《つぐ》んでおく。

二人のトレーニングに付き合うと決めたのは他でもない、俺自身の意志だからな。

「静粛《せいしゅく》に。それでは、朝のＨＲ《ホームルーム》を始めようと思う」

そうこうしているウチに俺たち１Ｅの担任教師であるリアラが入ってくる。

黒髪でスーツをキッチリと着こなしたリアラは、この学園では数少ない、家柄で生徒を判断しない中立主義の教師であった。

「さて。諸君らは今日がなんの日か覚えているかな？」

リアラがそう前置きをした次の瞬間、クラスの中のボルテージがにわかに上がっていくのが分かった。

「それでは、今から月末恒例となるＳＰ《スクールポイント》獲得順位を発表しようと思う」

むう。そういえば、そんなイベントも存在していた気がするな。

ＳＰ《スクールポイント》とは、王立魔法学園に通う生徒たちの成績を可視化した数値となる。

ＳＰ《スクールポイント》は日頃の授業態度、クエスト、試験の結果によって増減する。

この数値は、生徒たちの進級にも関わってくる他、保有ポイントによっては様々な特典が用意されているのだとか。

そうこうしているうちにリアラは、クラスメイトたちの名前が書かれた大きな紙を貼りだした。

まずは上位五名の名前が発表されたみたいである。

1位　アルス・ウィルザード　ＳＰ《スクールポイント》　35000　等級　Ｓランク

リストの頂点に書かれていたのは他でもない、俺の名前であった。

ふむ。

等級もCランクからSランクに昇格しているな。

進級に必要な等級はB以上なので、これに関しては既に達成している。

後は最低限の出席日数と必要な試験を受ければ、二学年には無事に進級することができそうである。


「おいおい……。なんだよ。Sランクって……!?」

「どうして庶民《しょみん》が一位に……？　桁違《けたちが》いじゃねぇか……！」


俺が立て続けに一位を獲得したことが意外だったのだろうか？

教室の中の空気が俄《にわか》にざわついていくのが分かった。

高位の貴族が大半を占《し》めるクラスの中では、俺のような庶民はどうしても悪目立ちをしてしまうのだ。

と、ここまでは、前回のランキングと大差のない結果であるが、今回は少しだけ変わったところがあった。

「やりました！　前回の順位から大幅にアップです！」

「ふふふ。これも全てアルスくんのトレーニングのおかげだね」

面倒を見ていたルウとレナの順位が大きく上がっていたのである。

それぞれ二人の順位は『四位』と『五位』か。

この調子だと俺たち三人で、上位を独占してしまうのも時間の問題かもしれないな。

「アルスの一位は前回と変わらないが、ここ最近は、成績上位陣の変動も大きくあったようだ。他のものもアルスを見習って、奮闘するように」

「「「…………」」」

周囲の生徒たちからの視線が痛い。

このクラスにいる連中の大半は、名家に生まれた高位の貴族たちである。

庶民である俺に大差を付けられたばかりか、『見習ってほしい』とまで言われたことにより、プライドを傷つけられたのだろう。

「さて。ここでキミたちにニュースがある。昨夜、《暗黒都市《パラケノス》》の雑居ビル内で銃弾千発が撃ち込まれる事件が起きたそうだ」

むっ。昨夜というと、俺が関わった麻薬の密売組織の取り締まり任務のことだろうか。

公《おおやけ》のニュースになるのは、暫《しばら》く先だと思っていたのだが、学園の情報網《じょうほうもう》というのは意外と侮《あなど》れないものなのかもしれないな。

「特に夜の《暗黒都市《パラケノス》》は治安が悪く、危険も多い。絶対に出歩くことのないように、キミたちにお願いしたい」

ふう。残念ながらそれは無理な相談である。

その危険に積極的に関わり、日常に置くことが、今の俺に課せられた使命なのだからな。

〜〜〜〜〜〜〜〜〜〜〜〜〜〜〜〜〜

それから。

授業が終わってから、俺たちが向かった先は、学園地下にあるDランク訓練場という施設であった。

Dランク訓練場とは、その名の通り、成績がDランク以上の生徒にのみ解放される魔法の訓練施設である。

放課後の空いた時間を利用して、レナとルウの魔法のコーチを引き受けるのが、最近の日課となっていた。


「たぁ！」「えいっ！」「やぁ！」


部屋の中に小気味の良い少女たちの掛け声が響き渡る。

今現在、俺が何をやっているのかというと身体強化魔法の訓練である。

魔法を用いた戦闘において身体強化魔法の練度は、生死を分ける直接的な要因となり得るのだ。

ここ最近の俺は、学園から出た課題を机で解く傍《かたわ》ら、二人の訓練の様子を見るのが日課となっていた。

「見ていて！　アルスくん！」

俺に向かって宣言をしたルウは、サンドバッグに向かって素早いコンビネーションを繰り出していく。

フットワークの軽い、良い打撃だ。

実戦で通用するかは未知数であるが、これだけ動ければ学生としては十分なレベルだろう。

「ど、どうかな？」

「悪くはないな。上達していると思うぞ」

戦闘に必要な、基礎的な部分は着実に仕上がっている。

訓練を次のステップに移す時は、そう遠くはなさそうだな。

「アルスくん！　こちらも見ていて下さい！」

続けて俺の方に声をかけてきたのはレナであった。
どうやらレナは身体強化魔法を発動して、ベンチプレスに挑戦するみたいである。
装着している錘《おもり》は、優に２００キロくらいは超えていそうだな。

「んっ……。んんんんん～～～～！」

魔力で腕の筋肉を強化したレナは、目の前の錘を持ち上げる。
ふむ。どうやら無事に錘を上げることができたようだな。

「や、やりました！」

喜びのあまり歓喜の声を上げるレナであったが、そこで俺は危機的な状況に気付く。
最後の最後で、油断があったみたいだ。
一瞬、力を緩《ゆる》めたことによって、錘の装着された鉄の棒がレナの頭に向かって落ちていく。

「あ……れ……!?」

やれやれ。

何かと手間のかかる女である。

俺は素早くレナの近くに移動すると、右腕を使って落下する錘を摑《つか》んでやることにした。

「気をつけろよ。最後の最後まで力を抜かないことだ」

「〰〰〰〰ッ！　あ、ありがとうございます！」

やはりレナはルウと比べて、少し詰めが甘いところがあるようだ。

これが実戦であれば、今の一瞬の油断で命を落としていただろう。

「凄《すご》いよ！　アルスくん！　これだけの錘を片手で持ち上げるなんて……！」

「やはりアルスくんは頼りになりますね。それに比べてワタシはまだまだのようです……」

訓練の甲斐《かい》もあって少しは成長しているようだが、魔法師としての二人の力量は未だに半人前といったところである。

俺としては早く手を離れて独り立ちをしてほしいところなのだが、そのタイミングが訪れるのはもう少し先の話になりそうだな。

〜〜〜〜〜〜〜〜〜〜〜〜〜〜〜


夢だ。夢を見ていた。

それは今から一年ほど前。

組織の命によって、とある任務を遂行《すいこう》している時の出来事であった。

嫌に生暖かい感触が、背中のあたりをジワリジワリと広がっている。

久しく忘れていた感覚だった。

そう。

俺はあの日、珍しく仕事で負傷をしていたのだ。

少なからず、信頼を寄せていた仲間の裏切りによって、背後から刃で貫かれることになったのだ。

『先輩が悪いんですよ。ボクの願いを聞き入れてくれないから』

男が俺に向けていた視線は、今でも鮮明に思い出すことができる。

ロゼは同じ《ネームレス》に所属する魔法師で、俺にとって直属の後輩にあたる人物であった。

銀色の髪の毛と怜悧《れいり》な眼差《まなざ》しを持ったロゼは、組織から《銀狼》の通り名を与えられた魔法師であった。


『世界の秩序《ちつじょ》を保つため、ボクは、ボクの正義を執行させてもらいます』


冷たく呟《つぶや》いたロゼは、銃の引き金《トリガー》に指をかける。

俺にとっては思い出したくはない忌々《いまいま》しい思い出だ。

どうして今になって急にやつのことを思い出す？

組織を裏切った後、ロゼは《神聖騎士団》に転属したと聞いている。

先日、起きた騎士部隊との邂逅《かいこう》が、俺の中にあった奴の記憶を呼び戻したのだろう。

～～～～～～～～～～～～～～～

不意に俺の意識は、急激に現実に引き戻される。

「アルスくん……！　起きたのですね……！」

目を覚まして、最初に視界に飛び込んできたのは、赤髪の少女の姿であった。
瞬時に自分の置かれた状況について理解する。
やれやれ。
迂闊《うかつ》だったな。
どうやら俺は、机の上で課題をこなしているうちに睡魔に襲われていたようである。
俺としたことが、なんという体《てい》たらくだ。
まさか見ず知らずの他人の前で、眠りに落ちてしまうとは……。
これという大きな争いのない学園生活の中に身を置いていたからだろう。
このところ俺は酷《ひど》く平和ボケをしていたのかもしれない。

「どうしたの？　うなされていたみたいだけど……」

「別にどうということはない。少し嫌な夢を見ていたようだな」


体を起こして、立ち上がる。

まだ、軽く足元がふらついているようだ。

体調管理すらも満足にできないとは自分の不甲斐なさに呆《あき》れるばかりである。

「あの、アルスくん。暫《しばら》く、学園をお休みしませんか？」

「……どういうことだ？」

「アルスくんのおかげで、ＳＰ《スクールポイント》も十分に獲得できたことですし。ワタシたちは暫く学園を休んでも問題ないと思うのです」

「…………」


たしかに、レナの言うことにも一理ある。

進級に必要なＳＰ《スクールポイント》は10000ポイント。

あとは、全体の六割程度の出席数があれば、進級条件は満たされることになるのである。

「賛成！　アルスくん、あまり眠れていないみたいだから。たまには休んだ方が良いよ！」

ルウの言うことは尤《もっと》もだ。

このところの俺は、昼は学園、夜は仕事と息を吐《つ》く暇もないくらいに忙しかったからな。

「体を休めるのも魔法師として大切な鍛錬のうちですよ！」

やれやれ。まさかこの二人から、俺が教えられることがあったとはな……。

二人の言葉に甘えて、暫く学園を休んで、休養させてもらうことにしよう。


～～～～～～～～～～～～～～～


一方、時刻はアルスたちが放課後の訓練を始めるより前にまで遡《さかのぼ》ることになる。

ここは、《暗黒都市《パラケノス》》の中でも取り分け治安が悪いといわれている《山間区画》である。

周囲を山々に囲まれたこの場所は、滅多《めった》なことでは外部の人間が入らないことで知られていた。

何故、このエリアに人が立ち寄ることがないのか？

それは罪人たちを収容する《大監獄》が存在しているからに他ならない。

《暗黒都市《パラケノス》》に蔓延《まんえん》していた『悪』を一堂に会《かい》させたこの場所は、騎士団の手によって厳重に管理されていた。

「囚人番号４０１番。準備をしろ。面会だ」

そんな《大監獄》の中に立ち入る物好きな男が一人。公安騎士部隊の一課、部隊長のクロウである。

綺麗《きれい》に着こなされた騎士団の象徴である紺《こん》色のコートは、この《大監獄》の中では異様に人目を引きつけるものになっていた。

「クケケケ……。そろそろ来てくれると思っていましたよ。カラスの旦那《だんな》」

看守の男に連れられて、現れたのは、異様な風貌《ふうぼう》をした男であった。

「近付くな。息が臭《くさ》いぞ。ギョロ」

「ゲヘッ。ゲヘヘヘッ！　そう言うなよ。オレと旦那の仲じゃないか」

ギョロというのは、闇の世界に伝わる男の通り名であった。

この男の特徴的な点は、やたらと大きく、今にも飛び出しそうな男の両の眼《まなこ》であった。

複数の殺人の罪により、懲役《ちょうえき》五〇〇年の判決を受けたギョロは、この《大監獄》の中で十年以上もの時を過ごしていることで知られていた。

「仕事ですよ。ギョロ。いつもの通り、消してほしい人間がいます」

クロウがこの《大監獄》を訪れた理由。

それは他でもない、アルスの抹殺《まっさつ》の任務を依頼するためであった。

騎士部隊に所属する人間の大半は、人を殺すことを忌避《きひ》する傾向にあった。

騎士団の中でも最も血の気が多いとされる《公安一課》の人間であっても、それは同じことだ。

汚れ仕事は下々《しもじも》の人間のやることであって、自分たちのすべきことではない、というのが共通の認識である。

だからこそ、有事の際は罪人たちを使って、任務を遂行《すいこう》するのが彼らのやり方となっていたのだった。

「報酬《ほうしゅう》はいつもと同じ、と言いたいところですが……。今回の相手は少しだけ手ごわい。通常の十倍。減刑百年分ということで如何《いかが》でしょうか？」

「ゲヘッ……。ゲヘヘッ……。そんなことはどうだって良い！　殺《や》らせろ！　今度の相手は一体どこのどいつなんだ！」

「…………」

ギョロにとって減刑など報酬のうちに入らない。

仮に監獄の外に出られたところで、同じことをやって、同じように捕まり、投獄される未来が目に見えているからだ。

(クズが……。図に乗っているようですね……)

この男が犯した罪は、本来であれば死刑にならなければおかしいものである。

にもかかわらず、生かしているのは、魔法師としての利用価値があると踏んでいるからに他ならない。

人間に害を為す猛獣も、使い方次第では、有益な人材となりえるのだ。

「ヌル。この男の管理は、貴方《あなた》に任せましたよ」

クロウが独り言のように呟《つぶや》くと、換気口がカタカタと動き始める。

「ウヒョヒョヒョッ～。旦那も人が悪い。気付いていたなら最初からそう言って下さいよ」

換気口の中から現れたのは、ガリガリに痩《や》せ細った長身の男であった。

ヌルというのは、闇の世界に伝わる男の通り名であった。

全身を収縮させて、どんな狭い隙間《すきま》でも自由に行き来することができる特技を持ったヌルは、成功確率100パーセントを誇る凄腕《すごうで》の暗殺者《アサシン》として、その名を知られていた。

「お前、手錠《てじよう》はどうした?」

「ヒョヒョヒョ。こんなもの、ワタシにかかれば子供の玩具《おもちゃ》にも劣るものです」

笑い声を零《こぼ》したヌルは、口の中から、体液の滴《したた》る手錠を取り出した。

(……汚《けが》らわしい奴らだ。だが、このクズども、実力だけは折り紙付き)

性格に難こそあるが、闇の魔法師としての二人の実力は、騎士団の上層部の間でも噂《うわさ》になっていた。

滅多なことでは外に出ない二人だが、その仕事振りは、冷酷無比《れいこくむひ》で、非の打ちどころのないものだ。

クロウは思う。

二人の強さは、守るべき立場がないからこそ、発揮することができるのだ。

常人がブレーキを踏むタイミングで、アクセルを踏み続けることができる。

騎士団の人間では、絶対に得ることのできないであろう『持たざるものの強さ』だ。

裏の世界では二人のことを『伝説の囚人』として呼んで、恐れている人間もいるほどであった。

（まあ、利用できるものはなんでも利用してやりますよ。彼らには精々、我々の崇高《すうこう》なる『暗黒都市清掃計画《パラケノス》』の礎《いしずえ》になってもらいましょう）

アルスの与《あずか》り知らぬところで、今、新たなる脅威《きようい》が動き出そうとしていた――。

―３話―　アルスの休日

俺が学園を休み始めてから、一日の時が経過した。

あれからというもの、幸いなことに急な仕事の依頼が入ることもなく、自分の時間を過ごすことができている。

ふむ。

今日はやけに体が軽いな。

体に蓄積された疲労というのは、常態化してしまうと案外、自分自身では気づき難いものなのかもしえない。

たったの一日だけでも、休暇があると体の調子が上向いていくものなのだな。

これからは適宜《てきぎ》、休暇を挟んでいくことにしよう。

でだ。

～～～～～～～～～～～～～～～～～～

さて。
本日はというと、午後からレナ&ルウと出会う予定となっていた。
休暇中であるが、定期的に二人の訓練状況を確認する必要があるからな。
自宅で身支度《みじたく》を済ませた俺は、アパートから、待ち合わせの場所に向かうことにした。
ふむ。
待ち合わせの時間までには、まだまだ余裕があるようだ。
散歩がてらに、街の景色を見物してみる。
この数年で、《暗黒都市《パラケノス》》の景色も大きく変わっているようだ。
よくよく見ると俺と同い年くらいの、学生らしき人物の姿も散見された。
彼らを横目に、人通りの多い道のりを歩いていく。
石畳《いしだたみ》の道を抜けた先に、待ち合わせ場所として指定された噴水の広場があった。
どれどれ。
時間は待ち合わせ時刻である十二時より、十分くらいは早いな。

俺としたことが、少し早く着いてしまったか。

仕事の際は、常日頃から、時間に余裕を持って現場に入るよう心掛けているので、ある種の職業病のようなものなのかもしれない。

だがしかし。

どうやら待ち合わせの人物は、俺よりも更に早く到着していたようだ。


「すまない。待たせたか?」


人ゴミを掻《か》き分けて進んでいくと、目的の人物はそこにいた。

この日のレナは、薄い桃色のワンピースを着ていた。

見慣れている人物ではあるが、着ている衣服が普段と違うだけで、随分《ずいぶん》と雰囲気《ふんいき》が違って見えるものなのだな。

この女の場合、なまじ見てくれが良いだけに、絵になってしまうのが腹立たしいところである。


「いいえ。今来たところですけど……」

「けど？」

「少し驚いてしまって。アルスくんの口から謝られたことって、たぶん初めてですよね」

「…………」

やれやれ。口の減らない女だ。

この女、俺のことを一体なんだと思っているんだ。

「ところでルウはどうしたんだ？」

約束の時間が過ぎているはずだが、ルウの姿が何処《どこ》にも見当たらない。

今日は二人の指導をするということで、レナから事前に連絡を受けていたのだが、これでは話が違ってくる。

「あの、そのことなのですけど……。ルウは急な予定が入ってしまったらしいのです。ですから今日はマンツーマンで指導の方をお願いできないでしょうか？」

レナの視線が僅《わず》かに右上に泳いだ。
ふむ。どうやら何か込み入った事情があるようだな。
レナの右上に目をやる仕草は、ウソを吐いている人間特有のものである。
珍しいな。
俺の知る限り、レナがこういう仕草を見せるのは初めてな気がする。

「分かった。そういうことなら別に構わないぞ」

少なくとも、レナが悪意を持っていないのは確かのようだ。
たまにはレナと二人で出かけてみるのも、悪くないかもしれない。

「そ、それでは行きましょうか。ワタシ、近くにケーキの美味《おい》しい店を知っているのですよ」

なんだか普段と比べて、ぎこちない様子だな。
あまり俺と二人でいることに慣れていないからなのか、ポカンと視線を上げたまま浮足立っているような感じであった。

「おい。そっちは水たまりだぞ」

「えっ……？」

俺は、咄嗟《とっさ》に水たまりを踏みそうになるレナの手を取って、異変を知らせてやった。

瞬間、レナの顔がカァァァと熱を帯びていくのが分かった。

なるほど。

どうやら相当、異性として意識されているようだな。

さしずめレナにとって今日のことはデート気分だったのかもしれない。

俺が異変を察知したのは、そんなことを考えていた直後のことであった。

「……？　どうかしましたか？　アルスくん？」

視《み》られているな。

随分と遠くから監視されているようだ。

どうやら敵は、目の良さにかけて相当な自信があるようである。

この視線、明らかに堅気《かたぎ》のものではない。
殺人を生業《なりわい》として、生きる糧《かて》としている人間のものである。
ある意味では『守るべき対象』が一人に絞《しぼ》られたことは、俺にとって幸運だったのかもしれない。

「ああ。いや、なんでもない。少し考え事をしていただけだ」

やれやれ。
今日は完全にオフで、羽を伸ばすつもりでいたのだが、どうやらアテが外れてしまったらしい。
裏の世界で生きている以上、俺にとっては『安息の日』というのは、永久に訪れないものなのかもしれないな。

〜〜〜〜〜〜〜〜〜〜〜〜〜〜〜

それから。

何はともあれ無事に会えた俺たちは、それなりに年季の入った造りのカフェのような場所にいた。

なかなかに風情《ふぜい》のある店構えだ。

再開発が進んでいるパラケノスの中にあって、古めかしい建物は、人目を惹《ひ》く存在感を放っていた。

「だからこの魔術式は、この術式をあらかじめ汎用《はんよう》化しておくと、魔力の伝導率を上げることができるわけだ」

「なるほど。たしかに効率を考えると、そちらの方が良さそうですね」

テーブルの上に参考書を広げて、レナからの質問に応答する。

どうやら、このカフェは学生たちが勉強場所として利用することもできるようだ。

周囲を見渡すと、俺たちと同じ学生と思《おぼ》しき人々が、それぞれ課題に取り組んでいるようであった。

「……助かりました。流石《さすが》はアルスくんです。頼りになります」

レナの奴は、こう言っているが実際はコイツの根気もたいしたものである。

正直、ここまで俺の出した課題についてこられるとは思ってもいなかった。

もしもレナが少しでもヤル気のない素振りを見せていたら、間違いなく俺も匙《さじ》を投げていただろう。


「やはり自分一人では、訓練の方も行き詰まることが多くて……。このところルウにも差をつけられている気がして焦っていたのです」


そういうことだったのか。

別に焦る必要など何処にもないのだけどな。

同じ努力をしていても魔法師の成長には、それぞれ個人差があるのだ。

物覚えが早い割には伸びしろの少ない早熟型な人間もいれば、少しずつではあるが着実に力をつけていくことのできる晩成型の人間もいる。

現時点での力の差など、目指すべき『最終地点』を考えれば、そこまで重要なものではない。

だがしかし。

今、悩んでいる本人に必要なのは、こういった俯瞰《ふかん》した言葉ではないだろう。

「そうだな。訓練なら日常の中で幾らでもできるぞ」

せっかくの機会だ。
ここは新しい訓練を取り入れてみることにしよう。

「え？　そうなのですか？」
「ああ。たとえば、あの二人だ。どういう関係性だと思う？」

そこで俺が向けたのは、向かいの席に座っていた男女のペアであった。
昔、親父《おやじ》から教えられた訓練の一つだ。
街行くランダムな人間を見定め、その人間たちの関係性を考察する。
相手の身なりや、仕草を考察して『観察眼』を磨《みが》いて、考える癖《くせ》をつけていくのだ。

「父と娘、でしょうか……。それにしては、少し歳《とし》が近いように見えますね」

レナは迷っているようだ。

男の方の年齢は四十台の前半、対して女の方は、二十台の前半の外見をしていた。

様々な可能性を考察できるが、コレと断定できる答えがない。

だからこそ、考える力を磨くには良い教材といえるだろう。

「う～ん。恋人同士にしては、少し余所余所《よそよそ》しい感じがします。親戚《しんせき》のおじさんと、その姪《めい》っ子、といったところでしょうか」

悩んだ末にレナが出したのは、すこぶる可能性が薄そうな答えであった。

「残念。不正解だな」

「……アルスくんには、答えが分かるのですか？」

「当然だ。十中八九、あの二人は、婚約者。つまりは夫婦になるだろうな」

「えっ！　そうだったのですか！」

レナは意外そうな反応をしている。

無理もない。

今回の場合、レナの『恋人同士にしては余所余所しい』という考察は、当たっているからだ。

「女の方が身に着けているネックレスを観察すれば、答えが見えてくるぞ」

女が首から提げているネックレスには『スター・サファイア』と呼ばれる特別な宝石が付けられている。

貴族たちにとって『青色』は特別な意味を持った色である。

中でも六条の星のように輝く『スター・サファイア』は、最高クラスの評価を受ける宝石だ。

その市場価値は極めて高く、庶民《しょみん》はおろか、貴族でさえも、簡単に買えるものでない。

高位の貴族が、婚約者に贈る時に用いられていることが多いものであった。

「この席に来るまでに確認したが、男の方が二つ星《ダブル》、女の方が一つ星《シングル》の貴族だった。歳の差を考えると、家庭の事情で、女の方が身売りのような形で嫁《とつ》いできたのかもしれないな」

そう考えると『恋人同士にしては余所余所しい』という違和感にも筋が通る。

婚約者という関係ではあるものの、おそらく二人は知り合ってから日が浅いのだろう。

「……そうだったのですか。事情を知ってしまうと、二人に対する見え方が変わってきてしまいますね」

レナの前ではあえて言わなかったが、おそらく女の方は二番目、三番目となる妻なのだろうな。

今時、高位の貴族が複数の妻を娶《めと》ることは、特に珍しいことではない。

力を持った貴族が新しい妻を家に迎え入れることは、この時代、よくあるケースの話なのだ。

「アルスくんは凄《すご》いです。そこまで周りが見えているなんて……。普通はできることじゃありませんよ！」

別に褒められるようなことではないのだけどな。

裏の世界に生きる魔法師ならば、誰しもが自然にやっていることである。

観察していたのは、先の男女だけではない。来店している人間それぞれの個人情報、店の形状、果ては周囲にある戦闘に利用できそうな設置物に至るまで。

必要な情報は可能な限り、記憶に留めておくのが生存率を上げるため、重要になってくるのだ。

「でも、この訓練に一体どんな意味が?」

「意味ならあるだろう。たとえば……」

そう。

日常を注意深く観察していれば、身にかかる危険を振り払うことが可能なのだ。

――たとえば『今』この状況がそうであるように。

視《み》られているな。

この気配は先程、俺を狙っていた奴のものなのだろう。

距離はここから北東八〇〇メートル、といったところだろうか。

シュオンッ！

男が遠方から、狙撃銃の引き金を引いたようだ。

このままいくと三秒後には、俺の額に向かって着弾するな。

３、２、１……。

ふむ。少し、驚いたな。

あの距離から寸分違《たが》わずに、俺の頭部に命中させてくるとは。

どうやら今回の敵の力量は、『それなり』であるようだ。

「ア、アルスくん……!?　今のは……!?」

俺は全身の魔力を掌《てのひら》に集中させることによって、飛んできた弾丸を手中に収めることに成功する。

やれやれ。

せっかくの休日だというのに何やら物騒になってきたようだ。

「なんでもない。少し虫が飛んでいただけだ」


やはり常日頃から『観察力』を磨いておくことは重要だな。

あらかじめ敵の動向を察知できなければ、攻撃を防ぐことは難しかっただろう。

おそらく今回の敵は、騎士団の連中ではないな。

もしも公的な機関に属する人間であれば、この往来で狙撃するリスクを取らないだろう。

目的のためには手段を選ばず、一般人の犠牲《ぎせい》すらも厭《いと》わない。

諸々の情報を加味して考えると、今回の敵は、俺と同じ『闇の魔法師』とみて間違いないだろうな。


〜〜〜〜〜〜〜〜〜〜〜〜〜〜


それから。

店で軽食を済ませた俺は、そのまま席に着いてレナと世間話を交わすことにした。

幸いなことに敵の攻撃は、先程の一回限りであり、その後の追撃の様子はなかった。

おそらく敵にとって先程の攻撃は、こちらの腕を試す意味合いが強かったのだろう。

「あの、ところでアルスくん。今日はどうして制服で来たのですか？」

雑談の中でレナは、不意にそんな質問を投げかけてきた。

「……生憎《あいにく》と余所行《よそゆ》きの服をあまり持っていないのでな。嫌だったか？」

仕事に着ていく服ならば幾らでもあるのだが、同年代の知り合いと遊びに行くのに適した服は持ち合わせていない。

今日、学園の制服を着てきたのは、一番それが無難な選択肢《せんたくし》だと考えたからだ。

「いえ。そういうわけではないのですが……」

少しの間、言葉を詰まらせていたレナは、モジモジと指を絡ませた後に口を開く。

「せっかくの休日ですし……。この後、もし予定が合えば、一緒に服を買いに行きませんか？」

ふむ。服か。
たしかに今の俺にとっては、必要なものなのかもしれないな。
こういうものは、自分で選ぶよりも第三者の目を借りた方が良い選択ができそうである。

「分かった。この後だな」

敵に狙われている状況でレナを一人にするのも危険だからな。
少なくともレナが帰宅して独りになるタイミングまでには、今回の敵との決着をつけるべきだろう。

～～～～～～～～～～～～～～～～～

でだ。

カフェを後にした俺たちが、向かった先は、パラケノスの中にある繁華街《はんかがい》であった。

夜になると怪しくネオンの明かりが灯るこのエリアも、太陽の出ている時間は多くの若者が集まる場所となる。

ここ数年でパラケノスを取り巻く環境は、大きく変わった。

少し前であれば、若い娘が《暗黒都市《パラケノス》》を一人で出入りするなど考えられないことであったが、今は俺たちとそう歳《とし》の変わらない連中が遊びに訪れているようであった。

「見てください。あの建物」

そう言ってレナが指を差したのは、繁華街の中でも一番目立っている巨大な建物であった。

「魔天楼《まてんろう》というらしいですよ。将来的には、このパラケノスを象徴とする立派な建物になるみたいです」

魔天楼、か。

何度か俺も、噂《うわさ》は聞いたことがある。

曰《いわ》く。

現在、建築中の魔天楼は、王都に住んでいる大貴族たちが、共同で出資して作った次世代型の建築物であるらしい。

『……この《暗黒都市《パラケノス》》の経済も、貴族連中が無視できない規模に成長してきたということだろうな』

その時、俺の脳裏《のうり》を過《よぎ》ったのは、先日親父《おやじ》が何気なく放った言葉であった。

親父が、俺に学園に入り魔法師の資格を取るように言った理由が分かってきたような気がするな。

街の整備が行き届き、治安が改善される頃には、俺のような闇に生きる魔法師は遠からず居場所を失っていくのだろう。

「あ！　この店はどうでしょうか！」

【ブティックショップ　アパレルアイランド】

そう言ってレナが立ち止まったのは、魔天楼の傍に建てられた二階建ての店であった。

一階にはブティックショップ、二階には飲食店がそれぞれテナントとして入っているようだ。

「そうだな。ここから探してみるか」

この手の店は、女性向けの服しか扱っていないことも多いのだが、どうやらこちらは少数ながらも男性向けも取り扱っているみたいである。

俺が選んだのは、何の変哲もないデニム生地のズボンと黒色のジャケットであった。

できるだけ没個性的なものが良いのだ。

職業柄、人目を引くような衣服は避けておくべきだろう。

黒は良い。

夜間は闇に紛《まぎ》れることができるし、初対面の相手の印象にも残りにくい。

実に合理的な選択といえるだろう。

「この服を買おうと思うのだが、何かおかしいところはあるか？」

「黒色のジャケットですか。うん。アルスくんにはピッタリという感じがします。イメージ通りですね」

これで決まりだな。

どうやら俺の選んだ服は、同世代の女から見ても特に不自然な点はないようだ。

「そうか。なら先に会計に行っておくぞ」

「えええっ！　そんなに早く決めてしまって良いのですか⁉　こういうのは、もっとゆっくり選んで楽しむべきだと思うのですが……」

「…………」

そう言われても困るな。

元より俺は、何かに悩んでいる時間が好きではないのだ。

戦場では僅《わず》かな判断の遅れが死に直結するからな。

日常生活でも、即断即決のスタンスが染み付いてしまっているのだろう。

「たしかに似合っていますが、意外性に欠ける気がします！　たとえば、こういうカラフルなニットを被《かぶ》ったりするとギャップがあって良いのでは……」

「却下《きゃっか》だ」

何が悲しくて、こんな奇抜《きばつ》な帽子を被らなければならないのだろうか。

似合う、似合わない以前に品性を疑われるような気がするぞ。


〜〜〜〜〜〜〜〜〜〜〜〜〜〜


それから。

レナのアドバイスによって手早く服を選んだ俺は、レジの列に並んで会計することにした。

「こちら二点で３８００ベルになります」

事前に想定していたよりも、ケタが二つほど少ないな。

以前に買った仕事用のスーツは、上下で20万ベルは下らなかった。

おそらく、この店は俺たちのような学生向けに作られたものなのだろう。

もしかしたらレナが、その辺も配慮《はいりょ》してくれたのかもしれない。

「うーん。ここはやはり女性らしくいくべきなのでしょうか……。しかし、こちらも捨てがたいですね……」

さて。支払いを済ませて元の場所に戻ると、今度はレナが自分の服を選んでいるようであった。

レナが手に取っていたのは、それぞれ桃色と黒色のキャミソールであった。

「アルスくんは、どちらが良いと思いますか？」

俺に聞かれても判断に困るな。

正直に言うと、どちらを選んでも大きな違いがないような気がする。

だが、アドバイスを求められた手前、冷たく突き放すのも考え物だ。

「自分の好みに合った服を選べば良いんじゃないか。突き詰めていけば、ファッションなんてものは個人の自己満足に過ぎないからな」

「違います……。そういうことではなく……」

恥じらいの感情を前面に出しながら、レナは続ける。

「アルスくんの好みを聞きたいのです」

やれやれ。相も変わらず無防備な奴だな。

こうも素直に相手に対する好意を曝《さら》け出せる、コイツの性格が少しだけ羨《うらや》ましくもある。

「仕方がないな。選んでみるから、試着をしてみてくれ」

「分かりました！　直ぐに着替えてきますね！」

俺の返事を聞いたレナは、足取りを軽くして試着室に向かって言う。

ふう。

レナが試着室に入って準備を済ませるまでにかかる時間は三分弱、といったところだろうか。

この状況はチャンスだな。

三分もあれば十分だ。

こうしている今も、俺たちの動向に監視の『眼』を光らせている刺客《しかく》を追い払う、絶好のタイミングだろう。


〜〜〜〜〜〜〜〜〜〜〜〜〜〜〜〜〜〜


一方、時刻はアベルたちがブティックショップに入店する二十分ほど前に遡《さかのぼ》る。

ここは《暗黒都市《パラケノス》》の中でも、築年数が嵩《かさ》んで人の通りがまばらになった雑居ビルの屋上であった。

「チッ……。カラスの旦那《だんな》も殺生《せっしょう》だぜ。このオレに殺し方の注文をつけてくるとはな……」

屋上で不機嫌そうに呟《つぶや》くのは、ギョロと呼ばれる男であった。

数日前に《大監獄》の中から出ることになったギョロは、『アルス抹殺《まっさつ》』の任務を遂行《すいこう》中であったのだ。

『……良いですか。ギョロ。今回の敵は、今までとは違います。最も確実な殺し方で任務に臨《のぞ》んで下さい』

その時、ギョロの脳裏《のうり》に過《よぎ》ったのは、ここに来る前に騎士団のクロウから受けたアドバイスであった。

「あ～あ～。久しぶりにシャバで殺しを楽しめると思っていたのによ～」

ギョロは狙撃が嫌いであった。

何故ならば、あまりも簡単に仕事が終わってしまって、味気なく感じてしまうからである。

ギョロの眼は特別性だ。

彼の眼は一キロ先の景色すらも見通すことができ、スコープを使わずにして精密機械のような射撃を可能にしていた。

だがしかし。

人間、得意なことと、好みなことが、必ずしも一致するわけではないのだ。

「いくぜ。その、澄ました顔をふっ飛ばしてやる」

照準を定めたギョロは、狙撃銃のトリガーを引く。

狙いはもちろん、カフェの席に着いているアルスの頭部である。

店内にはターゲットとは無関係の一般客が多く存在していたが、ギョロにとってはなんの関係もないことである。

「おらよっ！」

寸分違《たが》わぬ完璧《かんぺき》なタイミングであった。

乾いた銃声が上がり、螺旋《らせん》の軌道を描いた銃弾がアルスに向かって飛んでいく。

「――――ッ⁉」

異変が起こったのは、その直後であった。

狙った通りに飛んでたはずの弾丸は、どういうわけかターゲットの顔面付近で姿を消すことになる。

アルスの掌《てのひら》が銃弾を包んだことに気付いたのは、暫《しばら》く後の話になる。

その動作は一切の無駄がなく、周囲の客たちは銃弾の存在にすら気付いていない有様であった。

（どういうことだ……？　オレ様の狙いは完璧だったはずだ……？）

実に不可解な出来事だ。

アルスの動作は、最初からそこに銃弾が飛んでくることが分かっていなければ、説明がつかないものだ。

闇の魔法師として長年のキャリアを積んだギョロであったが、こんな経験は初めてであった。

（最初から気付いていたというのか……？　オレ様の存在に……？）

そうでもなければ、時速1000キロメートルを超える速度で飛来する銃弾を素手で摑《つか》むなどという芸当は不可能だろう。

「ハハハ。コケにしやがって……！」

その時、ギョロの中に芽生《めば》えたのは、行き場のない怒りの感情であった。

自分より遥《はる》かに年下の、外の世界で自由に生きる少年に手玉に取られたのだ。

暗殺者《アサシン》として、これ以上に矜持《プライド》を傷つけられることはないだろう。

「気に入らねえな……！　あのクソガキ……！」

限界にまで深爪した親指の爪を嚙《か》みながらギョロは、誰もいない屋上で毒を吐くのだった。

〜〜〜〜〜〜〜〜〜〜〜〜〜〜〜〜〜〜

それから。

レナが試着室で着替えているところで俺が向かった先は、古ぼけた雑居ビルの屋上であった。

足音を消して、階段を駆け上がる。

敵の気配が近づくにつれて、血の臭《にお》いが濃くなっていくのが分かった。

「お前だな。コソコソと俺を狙っていたのは」

錆《さ》びたドアを開いてみると、薄汚い衣を身に纏《まと》った男が待ち構えていた。

間違いないな。

先程、カフェで俺を狙い撃ちにしたのは、この男だろう。

「へえ。お前が噂《うわさ》の死運鳥《ナイトホーク》か」

俺の姿を確認した男は、何やら少し意外そうに呟いた。

「青臭《あおくさ》いガキだな。こんな奴が名をあげるとは。シャバのレベルも落ちたものだ」

無論、俺には敵の口上《こうじょう》に付き合ってやる義理はない。
素早く拳銃を抜いた俺は、立て続けに三発の銃弾を撃ち込んでやることにした。

「へへっ。そう急《せ》くなよ」

ふむ。この至近距離で銃弾を受け止めるか。
男の指の隙間《すきま》には、俺が放った三発の銃弾が挟まれていた。

「どうだい？　オレ様の『眼』は？　なかなかのものだろう？」

この男、動体視力には相当な自信があるようだな。
どうやら先程の意趣返《いしゅがえ》しをしているようである。

「こっちは久しぶりの外に出たんだ。じっくりと楽しませてくれよ」

なるほど。朧気《おぼろげ》ながらも今回の敵の正体が掴めてきたような気がする。

この男、《大監獄》から出てきた魔法師だな。

以前に噂で聞いたことがある。

王都の騎士団連中は、自らの手を汚すことを嫌う傾向にある。

だがしかし。

いつの時代も、世界の秩序《ちつじょ》を保ってきたのは非情な暴力だ。

騎士団の連中は『必要に迫られた時』は、減刑を条件に《大監獄》に収容される凶悪犯罪者たちに仕事を振ることがあるという。

「なあ。おそらく今まで兄ちゃんはこう考えていたんじゃないか？　距離を詰めれば、狙撃手であるオレに負けるわけないと」

見当違いも甚《はなは》だしいな。

たしかに戦場において遠距離からの狙撃を得意とするものは、近接戦を苦手とする傾向がある。

だが、今の俺には関係のない話だ。

一対一の状況に持ち込んだ時点で俺の勝利は確定したようなものだからな。

「クカカカ！　残念だったな！　オレの本領は、肉弾戦よ！」

笑い声を上げた男は、全身に力を入れて隆起した筋肉を露《あらわ》にする。

ふむ。思っていたよりは鍛えているようだな。

射撃よりも、肉弾戦が得意という本人の自己評価は、あながち間違ってはいないようである。

「なあ！　オレに見せてくれよ！　絶望し！　苦痛に歪むお前の姿！」

身体強化魔法を発動した男は、俺に向かって飛び掛かってくる。

だから俺は、敵が攻撃してくるよりも僅《わず》かに速いタイミングで、死角からカウンターの一撃を与えてやることにした。

「――――ッ!?」

どうやら先に苦痛に歪んだのは相手の方だったらしいな。

勢い良く飛んでいった男の体が地面の上を転がっていく。

この様子だと、脳震盪《のうしんとう》を起こして、暫くは立ち上がることも難しいだろう。

「どうした？　動体視力に自信があったんじゃないか？」

「アガッ……。アガガガガガッ……」

奥歯を何本か折った感触があった。

地面に伏した男は、口から血を噴き出しながら『何がなんだか分からない』という表情で困惑しているようだった。

「グボッ……。コ、このクソッ！」

目の前の現実を受け入れることができず、半ばヤケになっているのだろう。

男は先程よりキレ味の悪くなった動きで、殴《なぐ》りにかかってくる。

だが、何度やっても結果は同じことだ。

今度は力の差を『分からせる目的』で速度を落として、返しの一撃を与えてやることにした。

「ウグボッ……！」

なまじ動体視力に優れているばかりに、否《いや》が応《おう》でも理解ができてしまうだろう。
攻撃が来ると分かっていても避けられない。反応できない。
そういうレベルの攻撃というのが、世の中には存在しているのである。

「ど、どうして……。《大監獄の王》と呼ばれたこのオレが……。お前みたいなガキに……」

繰り返して攻撃を受けた男は、満身創痍《まんしんそうい》の状態で、そんな言葉を口にする。
つくづく、呆《あき》れた男だな。
おそらく、この男は、極々《ごくごく》、限定的な閉ざされた空間の中では、最強の名をほしいままにしてきたのだろう。

「真の巨悪は、決して鎖に繋《つな》がれることはないということだ」

この世界には、誰にも罪を咎《とが》められることのない悪人が数多く存在している。

彼らは時に強大な権力を振りかざして、罪をもみ消し、時に凶悪な暴力を振り翳《かざ》して、窮《きゅう》地《ち》から逃れる。

俺が真に恐るべき敵として認識するのは、そういった輩《やから》である。

牢《ろう》の中に閉じ込められている時点で、その集団の実力など底が知れているというものだろう。

井の中の蛙《かわず》、大海を知らず。

男の敗因を端的にまとめるなら、そんなところだろうな。


「ひぃっ……!?」


今までのやり取りで、実力の差を悟ったのだろう。

背中を向けた男は、逃走を始めたようである。

やれやれ。

肝心《かんじん》の『眼力』も背を向けたら、台無しというものである。

俺は逃げ惑う男の背中に向けて、銃のトリガーを引くことにした。

「哀れな蛙《やつ》だ。井戸の中から出なければ、鳥《オレ》に食われることもなかったものを」

どこまでも空に向かって上がっていく硝煙《しょうえん》を見つめながら、俺はそんな言葉を呟《つぶや》くのであった。

―４話―　少女の誘い

それから。

手っ取り早く刺客《しかく》の男を蹴散《けち》らした俺は、ブティックショップまで戻って、レナと合流することにした。

「遅いですよ！　アルスくん！　どこに行っていたんですか！」

予定していた時刻よりも少し遅れてしまったが、まあ、誤差の範囲内だろう。

適当に言葉を取り繕《つくろ》った俺は、レナの服を選んでからブティックショップを後にした。

さて。

予定より多くの買い物を済ませてから店を出ると、周囲の景色は茜《あかね》色に染まっていた。

奇《く》しくもレナの髪の色と同じ色だな。

「珍しいですね。アルスくんが送ってくれるなんて」

レナと二人、川沿いの道を歩く。

先程、刺客を追い払ったばかりとはいっても、いつまた似たような輩《やから》が現れるとも限らないからな。

敵の狙いは俺一人であることは確認済みだが、用心するに越したことはない。

クラスメイトを危険な目に遭《あ》わせないためにも、可能な限り、今は一緒にいた方が良いだろう。

「あ！　見て下さい！　魚が跳ねましたよ！」

水面に浮かび上がった波紋を指さしながらレナは言った。

何か宝石でも見つけたかのように目を輝かせるレナであったが、今跳ねた魚は間違いなく鯔《ボラ》だ。

水質汚染に強く、海底の泥の中に潜んでいる微生物を主食とする鯔は、お世辞《せじ》にも、そんな綺麗《きれい》な魚ではないのだけどな。

「なんですか。もしかして、子供っぽいと言いたいのですか？」

「いや。別に」

奇妙な感覚であった。

休日、クラスメイトと夕日の当たる道を歩く。

取り立てて何も語ることのない平和な光景だが、心の奥が、むず痒《がゆ》いような感覚に苛《さいな》まれる。

普通の学生としての生活というのは、案外こんなものなのかもしれない。

「……今日はありがとうございました。アルスくんのおかげで、忘れられない一日になりそうです」

世間話をしているうちに、目的地に到着したようだ。

レナの家は学園から徒歩二十分くらいの場所にある、小さなアパートであった。

どうやら、この周辺のアパートは、学園が買い上げており、王立魔法学園に通う女生徒たちが多く住んでいるらしい。

「じゃあ、俺はここまでで良いな」

暫《しばら》く監視を続けていたが、その後は特に不審なところはない。

おそらく今日のところは、危険に巻き込まれるリスクも低いだろう。

帰ろうとすると、寸前のところでレナに服の袖《そで》を摑《つか》まれる。

「あの、もう少しだけ。家で、ゆっくりしていきませんか？　偶然ですが、今、家に美味《おい》しい紅茶があるのです」

ふむ。どうやら今日のレナは、やけに構ってほしがるな。

夕日はもう、地平線の遠くの深くに沈んでいる。

いつも通りであれば、断っていただろう。

だが、今日に限っては、未だに新しい刺客が現れるリスクを完全には排除しきれないからな。

もう暫くは、一緒にいてやるべきなのかもしれない。

〜〜〜〜〜〜〜〜〜〜〜〜〜〜〜


それから。

レナに案内されて向かった先は、三階建てのアパートであった。

「着きました。あそこにあるのがワタシの家です」

なかなかに悪くない物件である。

王都の中心地から少し離れてはいるが、その分、築年数は浅く小綺麗に整理されているようだった。

「この部屋です。今開けますね」

セキュリティパネルに手を触れて扉を開く。

最近、流行《はや》りの、魔法による認証機能だ。

事前に登録している魔力を通すことによって、扉のロックを解除できる仕組みになっている。

「散らかっていて、恥ずかしいですが……」

ふむ。散らかっているというのは、単なる謙遜《けんそん》だな。

部屋の中は、その人間の内面を映し出す鏡ともいうくらいだからな。

レナの真面目《まじめ》な性格が良く表れている整理された空間であった。

「えへへ。アルスくんが部屋にいるなんて。なんだか不思議な気分です」

仄《ほの》かに甘い匂《にお》いがするな。

洗濯《せんたく》に使う石鹸《せっけん》の匂いだろうか？

考えてみれば、俺も同年代の女子の部屋に入るのは初めての経験であった。

「あの、アルスくん……」

ベッドに腰かけ、俺の手を握ったレナは、頬《ほお》を赤らめながらもジッとこちらを見つめてくる。

「……今日の分の魔力の補給、お願いしても良いでしょうか？」

なるほど。

今日はやけに迫ってくると思っていたのだが、魔力の補給が目的だったのか。

これは裏の世界では俗《ぞく》に『魔力移し』と呼ばれている鍛錬法である。

口付けを介して、強力な魔力に慣れさせることにより、最大魔力量の底上げを図る手法があったのだ。

魔力の供給を求められた以上は、断るわけにはいかない。

俺はそのまま、唇を重ねてやることにした。

「んっ……。ちゅっ……。んんっ……」

出会った頃は、俺に触れることすらも嫌悪していたはずなのに、今となっては、自ら積極的に唇を求めてくるようになっていた。

ここまでは今までにも幾度となく繰り返してきた、やり取りであるのだ。

だが、今日は少しだけ違うところがあった。

どういうわけかレナは、口付けを交わしている最中に俺の手を取り、自らの胸に置いたのだった。

「なんの真似《まね》だ？」

「…………」

返事はなかった。

代わりにレナは、身に着けている服を脱いで下着姿になる。

「……ワタシ、気付いているんです。アルスくんはルウと、先の関係に進んでいること」

知っていたのか。

たしかに『魔力移し』を行う際に肉体関係を結ぶことは、闇の世界では広くに行われていることである。

「……ワタシにも、同じことをしてもらえないでしょうか？」

ギュッと俺の体を抱きしめながらレナは言った。

やれやれ。

この女、自分の言っている言葉の意味が分かっているのだろうか。

下着越しからでも、心臓の鼓動が伝わってくる。

おそらく今のレナは、極限の緊張状態にあるのだろう。

「そうか」

短く呟《つぶや》いた俺は、レナの体を突き放して壁際に追いやる。

「ア、アルスくん……!?」

レナの視線が泳いで、体が緊張で強張《こわば》っていく。

この女、何をそんなに焦っているというのだろうか。

心配しなくても、訓練は順調に進んでいる。

今までの方法でも十分に力をつけているのに、方法を変える必要はないだろう。

「いつの日か、その足の震えが止まるようになったら。考えておくよ」

ここでレナの誘いに乗ると、後々に面倒なことになりそうだ。

俺自身あまり気乗りしないというのもあるが、ひとまず保留にしておいた方が良さそうである。


〜〜〜〜〜〜〜〜〜〜〜〜〜〜〜〜〜〜


レナを家まで送った後の俺は、そのまま《暗黒都市《パラケノス》》の繁華街《はんかがい》に足を運ぶことにした。

向かったのは、少しだけ寂れた雰囲気《ふんいき》のあるバーであった。

鈴の音を鳴らして、扉を開けると、見覚えのある人物が顔を見せる。

でだ。

そこにいたのは、バーテンダーの衣装に身を包んだルウの姿であった。

「あっ。いらっしゃい。アルスくん」

このバーは、ルウのアルバイト先の一つだ。
あまり褒められた話ではないのだが、ルウは自らの学費を稼《かせ》ぐために、この《暗黒都市《パラケノス》》で七つほどのアルバイトを掛け持ちしているらしい。
カウンターに腰を下ろした俺は、いつも通り、飲み物を注文する。

「そっか。そんなことがあったんだ」

軽い雑談を交えつつも俺は、今日あった出来事をかいつまんでルウに相談してみることにした。

「でも、気持ちは分かるかな。私だって、時々アルスくんを独《ひと》り占《じ》めしたいと思う時があるから」

何処《どこ》まで本心か分からない冗談めかした口調でルウは言う。

どうやら今日のことは、ルウも知らされていなかったようだ。

つまりレナは、最初から俺と二人きりになる目的で誘っていたのだろう。


「ねえ。アルスくんはレナの気持ちに気付いていたの？」


端的に核心を衝《つ》いた質問であった。

もちろん、俺はレナの気持ちに気付かないほど鈍感な男ではなかった。

いつ頃からなのかは定かではないが、レナが俺に好意を抱いているということは確かだろう。


「……正直に言うと疲れるよ。アイツが俺に向けてくる感情は」


レナと接してみて痛感した。

純粋な好意というのが、これほどまでに息苦しいものだとは思ってもいなかった。

奴の眼を通して見ている俺は、『本当の俺』とは程遠い存在である。

勝手に理想を抱かれて、振り回されるのは端的に言って、非常に疲れる。

俺にとっては、利用して、利用される関係の方が楽なのだ。

その時、俺の脳裏《のうり》に過《よぎ》ったのは、幼少の頃にマリアナと関係を持った日のことであった。

『結構タイプかも。おいで。お姉さんがたっぷりと可愛《かわい》がってあげるから』

今にして思えば、俺の価値観は、あの日の記憶に強い影響を受けているのかもしれない。

おそらく俺は、明確な利害関係を築いた上でしか、コミュニケーションを取れない人間なのだろう。

「そっか。なら私と一緒にいるのも疲れたりするのかな？」

「いや。お前はレナと違って打算的だからな。むしろ落ちつくタイプだ」

「……それ、何気に酷《ひど》いことを言っていない？」

別にレナと比べて、ルウを特別視しているわけではない。

ただ、この女は最初から俺を利用してやろうという気持ちで近付いてきた。

だからこそ、馬が合うという部分もあるのだろう。

「そういえば今日は、やけに店が空《す》いているみたいだな」

この店を訪れるのは、久しぶりであるが、以前に来た時はもっと賑《にぎ》わっていたような気がする。

最初は早い時間に訪れたからだと思っていたのだが、今の時間になっても俺以外の客が訪れないのは、流石《さすが》に不自然な気がする。

「えーっと……。そのことなのだけど……」

異変が起きたのは、ルウが気まずそうに口を開こうとした直後のことであった。

「へへッ！　チーッス！　邪魔するぜぇ！」

おっと。噂《うわさ》をすれば、さっそく客が訪れたみたいだ。

ん。何か様子が妙だな。

乱暴に扉を開いて、俺たちの前に現れたのは、カラフルなスーツに身を纏《まと》った四人組の男であった。

「お客さま。ご注文は……」

ガラの悪い連中だ。

感情を押し殺してオーダーを取りに行ったルウであったが、僅《わず》かに腰が引けているようであった。

「はあ？　んなもんいらねえよ。とりあえず、水だけもってこい！　四人分な！」

ふむ。どうやら単なる厄介《やっかい》な客というわけではないようだな。コイツら。

様々な利権関係のトラブルから、この世界では時折、こういう連中が現れることがあるのだ。

「チッ……。相変わらず、しけた店だなぁ」

「まったくだ。こんな店は早く潰れちまった方が世の中のためだよなぁ」

十中八九、コイツらは店の売上げを落とすために送り込まれた人間だろう。
ルウから聞く前に質問の答えが分かってしまったな。
道理で、この店に他の客が寄り付かなくなったわけだ。
こんな連中が店に屯《たむろ》すれば、悪い噂はあっという間に拡散することになりそうだ。

「ま、またアンタたちか！　いい加減してくれよ！　もう！」

店の奥から現れた男が、ガラの悪い男たちに抗議の声を上げる。
調理用の衣装に身を包んだ四十代手前の男だ。
なるほど。
立ち振る舞いから察するに、どうやら、この店のマスターのようだな。

「ああん？　この店は客に酒の一杯も出す前から帰らせるっていうのかい？」
「客だって？　知っているんだぞ。お前らが『暗黒都市清掃計画《パラケノス》』に加担していることを！」

「…………」

む。少し気になる言葉が出てきたな。『暗黒都市清掃計画《パラケノス》』か。

以前に小耳に挟んだことがある。

このプロジェクトは、王都の大貴族たちが出資者《スポンサー》となって、《暗黒都市《パラケノス》》の再開発を推し進めようという計画である。

現在、建築中の魔天楼《まてんろう》は、この計画の出発点となるものらしい。

なるほど。

そういうことか。

今にして思えば、以前に俺が王都の騎士部隊とトラブルになったのも、この計画が関係していたのだろう。

「ハッ！　何を根拠にそんなことを！」

「オッサン。オレたちは善良な客だぜ？　分かったら、早く、水を持ってこい！」

ふむ。男たちの狙いが分かってきたな。

所謂《いわゆる》『地上げ屋』と呼ばれるやつだろう。

狙いは、この店の土地か。

たしかに、この店は外観こそは地味だが、大通りに面した角地で、立地に関しては申し分がない。

店に客が寄り付かなくなれば、店主の男は自然と店を畳《たた》まざるを得ない。

店が空《から》になった後は、上物《うわもの》を撤去《てっきょ》して、コイツらの雇い主が新しい建物を作るつもりなのだろう。

「おっ。よく見ると嬢ちゃん。なかなか可愛い顔をしてるやないかい」

男たちの興味は、自然と店主の男からルウの方に移った。

「こんな寂れた店よりも、もっと稼《かせ》げる店を紹介したろうか？　ああ？」

下劣《げれつ》な表情を浮かべた男は、ルウの肩に手を回し始める。

やれやれ。

単なるゴロツキであれば、俺から手を下すまでもないと思っていたのだが、ここまでタチの悪い連中となると話は別である。

「こいつは俺の奢《おご》りだ。飲んでいけよ」

俺はカウンターに置かれていた酒を手に取ると、ルウにちょっかいを出す男の頭にかけてやることにした。

ドボドボドボッ！

男の髪の毛にベッタリとついていた整髪剤がアルコールに流され、服の中に入っていく。

一瞬、何が起きているか理解ができずに呆気《あっけ》に取られていた男であったが、直ぐに我に返って激高する。

「オイ！　テメェ！」

店の中で高らかに吠えた男は、テーブルを力強くひっくり返す。

「なんの真似《まね》だ?」

「おいおい……。命知らずも大概《たいがい》にしておけよ」

事件の一部始終を見ていた仲間たちも、それぞれ臨戦態勢に入ったようだ。

「……なんてことはない。せっかく酒場に来たのに、水しか頼めないのも気の毒に思ってな」

冷静に言葉を返してやると、男たちの注目が一斉に俺の方に集まってくるのを感じた。

「へへっ。威勢の良い兄ちゃんだ。そこまで言うからには八つ裂きにされる覚悟はできているんだろうなぁ!?」

俺の挑発を受けた男たちは、それぞれ刃物を取り出したようだ。

やれやれ。

善良な客を騙《かた》っていたわりには、早々に馬脚《ばきゃく》を露《あらわ》したようだな。

「ア、アルスくん……？」

「大丈夫だ。直ぐに終わらせる」

この男たちを追い払うために強力な魔法は必要ない。

単純な武器があれば、十分だろう。

そう判断した俺は、手始めにテーブルの上に置かれていたシャンパンボトルを手に取ることにした。

「畜生《ちくしょう》！　舐《な》め腐《くさ》りやがって！」

威勢良く声を上げた男たちが、俺の方に向かって襲い掛かってくる。

予想していた通り、取り立てて何の変哲もない攻撃だ。

俺は手にしたシャンパンボトルを付与魔法で、強化して応戦してやることにした。

「あぎゃあ！」「ふぼうっ！」「ぐがあっ！」

もともと強力な炭酸ガスを含んだシャンパンは、他のどの酒類よりも、ボトル全体が厚く作られているのだ。

更に、そこで魔法による強化を施《ほどこ》せば、鈍器《メイス》のような威力を発揮することが可能である。

俺の攻撃を受けたゴロツキたちは、完全にのびているようであった。


「アルスくん！　後ろ！」


敵の気配に気付いたルウが声高に叫んだ。

その時、俺は背後から忍び寄る男の気配を見逃さなかった。


「死んどけやあああああああああああああああああ！」


バーに置かれている椅子《いす》を振り上げた男が、背後から俺の頭部に向かって振り下ろしてくる。

やれやれ。

店の営業を妨害するチンピラに相応《ふさわ》しい品のない攻撃だな。

背後から襲い掛かる敵に対しては、『回し蹴《げ》り』によるカウンターが有効であった。

「ふごあっ！」


俺の回し蹴りを受けた男の体は、酒樽《さかだる》の中に頭を突っ込んだ。

たらふく酒を飲めたようで何よりだ。

後でダメにした分の酒の代金は、この男から徴収《ちょうしゅう》させてもらうことにしよう。


「オ、オイ！　コイツ、ヤバくないか！」

「畜生！　撤退《てったい》だ！」


今のやり取りで実力の差を悟ったのだろう。

店に居座っていた地上げ屋たちは、尻尾《しっぽ》を巻いて逃げ去っていく。


「すまない。マスター。店を汚してしまったな」

「いや。た、助かったよ！　キミ！　キミは一体何者なんだい？」

事態の一部始終を目の当《ま》たりにしていた店主の男は、興奮した口調で尋ねてくる。

「しがない学生ですよ。ルウのクラスメイトです」

「……そうか。キミにならウチの可愛《かわい》い店員を任せられそうだよ」

含みのある言葉を口にした店主の男は、さっそく店の後片づけを始めたようだ。

「店長！　私がやりますよ！」

「いや。大丈夫。ルウちゃん。後のことはボクに任せて。今日はもう店を閉めることにするよ」

おそらく自分のせいで、ルウを危険に晒《さら》してしまったことを負い目に感じているのだろうな。

結局、俺たちは、半ば店主の男に強制されるような形で店を後にする。

ふうむ。

俺がいたからこそ今回は難を逃れたが、これからの店の様子が不安だな。

今後はサッジあたりに頼んで、暫《しばら》くの間、定期的に警備してもらうことにしよう。

「ねえ。アルスくん」

店を出てから暫くすると、服の袖《そで》に触れたルウが俺の方を見て呟《つぶや》いた。

「……今日は帰りたくないの。アルスくんの家に泊まらせてほしいな」

ふう。どうやら今日は、つくづく誘いを受けることが多い日のようである。

だがまあ、せっかくの機会だ。

たまにはルウを家に誘ってみるのも悪くはないかもしれない。

～～～～～～～～～～～～～～

それから。

ルウと一緒に店の外に出た俺が向かったのは、王都の居住地に建てられたアパートであった。

このアパートの一室に、俺が時々使っている隠れ家がある。

闇の魔法師としての仕事は、常に死と隣り合わせの危険なものである。
寝床となる家は、分散させて、刺客《しかく》たちに居場所を悟られないことが重要であった。

「えっ……！　この方向って……！」

隣にいたルウが何かに気付いたようだ。

「王城に続く道《ロイヤルロード》……？　アルスくんの家って、この通りにあるの⁉」

王城に続く道《ロイヤルロード》とは、その名の通り、王都の中心部に続く四本の大通りのことである。
その地価は非常に高く、貴族たちの間では、この辺りのエリアに家を建てることがステータスになっているのだとか。

「大丈夫なの……？　王城に続く道《ロイヤルロード》の家賃って、二つ星《ダブル》の貴族でも住めないくらいに高いって聞いたことがあるけど……」

「まあ、その辺はピンキリといったところかな。俺が住んでいるのは、本当に大した場所ではないぞ」

元々、隠れ家の一つとして借りている家だからな。

貴族が住んでいる家のように華やかな要素は何処《どこ》にもない。

王城に続く道《ロイヤルロード》の中では、最もランクの低い地味なエリアである。

「ねえ。もしかして実は、アルスくんって大貴族の子息だったりするのかな？」

「……そんなはずないだろ。見ての通り、俺は庶民《しよみん》だ」

まあ、毎日のように命を落とすリスクを背負う仕事柄、普通の庶民よりも収入を得ているというのは事実だろうけどな。

《ネームレス》は少数精鋭を謳《うた》っている分、メンバーの替えの利《き》きにくい組織だ。

そういう事情もあって、ルウのような一つ星《シングル》の貴族よりは、裕福な暮らしができているのだろうな。

「着いたぞ。この場所だ」

建物と建物の間にある二メートルくらいの幅の私道を進んでいくと、見慣れた光景が見えてくる。

俗《ぞく》にいう、旗竿地《はたざおち》、と呼ばれる場所に建てられたアパートだ。

人目に晒されることが少なく、静かに暮らすことができるので気に入っている。

「綺麗《きれい》な家だね」

何処か落ち着かない様子のルウと一緒に建物の中に入る。

俺の住んでいるのは、アパートの二階であった。

魔力認証パネルをタッチして、ドアノブを捻《ひね》ると、見慣れた光景が広がっていく。

「なんというか……。アルスくんらしい部屋だよ」

部屋に入るなり、ルウは含みのあるコメントを口にする。

悪かったな。何もない部屋で。

おそらくルウの目から見て、この部屋は捉えどころのない印象に映ったのだろう。

元々、俺は部屋の中に余計な物を置くのが好きではないのだ。

この隠れ家は使用頻度《ひんど》が少ないということもあって、必要最低限の家具しか揃っていないのである。


「あ！　でも意外！　植物を育てる趣味があるんだね」

部屋に入るなり、ルウが興味を示したのは、キッチンの前に置いていた小さな鉢《はち》であった。


「趣味というよりも、実用性を考えてのことだけどな」

「どういうこと？」

「置いているのは、食用のハーブだけだ。店で買うよりも、経済的だから育てているだけだぞ」


ここにあるハーブは生命力が強く、育てやすいとされている種類のものだけだ。

少々、水を与えなかったくらいでは枯れないし、葉を千切《ちぎ》っても直ぐに生成する。

「え？　もしかしてアルスくんって、料理をする人だったりするの？」
「一人暮らしだからな。自炊《じすい》くらいするさ」
「そ、そうなんだ……。なんか意外でビックリしちゃったな」

この女は一体、俺のことをなんだと思っているのだろうか。

「何か食事を出してやるから。そこで待っていてくれ」

今日はバーで食事を済ませるつもりだったが、生憎《あいにく》と途中で邪魔が入ってしまったからな。
この家で軽く食事を作っておくことにするか。
食在庫の中から野菜を取り出した俺は、板の上に載せて包丁で細かく刻んでいく。

「凄《すご》い包丁捌《さば》き……！」

俺の動きを前にしたルウは感心した様子で呟いた。

「驚いたな。頻繁《ひんぱん》に料理をしているんだ？」

「いや。そうでもないぞ。気まぐれで時々するくらいだ」

平日の昼は学園に通っているし、夜は組織から与えられた仕事を不定期で行っているのだ。

毎日、自炊ができるくらいの時間があれば良かったのだけどな。

基本は、簡単な食事を外で済ませることが日課となっていた。

「えっ……？　でもその割には、手慣れているように見えるけど……」

会話を交えながら、料理を続ける。

食材を刻んだ後は、加熱する番である。

フライパンにカットした野菜を入れた後は、火属性の魔石を利用したコンロで、熱していく。

料理に時間を使うのは、性《しょう》に合わない。

火力を強めて、短時間で調理するのが、俺なりのやり方だ。

「まあ、大抵のことは、過去の経験の掛け合わせでこなせるものさ」


刃物の扱いも、炎の扱いも、暗殺者《アサシン》としての仕事に不可欠なものだ。

自分にとって未知の技術であっても、過去に習得した技術を応用していけば、飛躍的に習得スピードを上げることができるのである。

それから味を調えるための調味料を少々。

仕上げにアルコール度数の高い酒を取り出して、鍋《なべ》の中に投入していく。


シュゴゴゴオオオオオオッ！


その直後、大きな火柱が立ち上がる。

フランべと呼ばれる調理技法だ。

主に、肉や魚などの素材をフライパンなどで焼いたり炒《いた》めたりする際、最後の香り付けのために使用されるものである。


「ほら。出来たぞ」

フレンチと呼ばれる異国の文化を取り入れた料理だ。

以前にパラケノスの酒場で出されたメニューを模倣《もほう》してみたものだが、即席のものにしては上出来のクオリティだろう。

「凄いよ……！　アルスくん……！　本当にプロの料理人が作っているみたいだったよ……！」

流石《さすが》にそれは持ち上げ過ぎだな。

あくまで料理は、俺にとって時間潰しの趣味程度のものだ。

俺程度の腕前をプロ並みと評価しては、本当のプロに失礼というものである。

「あ～あ。店からドリンクを買ってくれば良かったかな。こんな美味《おい》しそうな料理があると、美味しい飲み物も欲しくなってきちゃいそう」

ふむ。飲み物か。

そういえば以前にサッジから貰ったノンアルコールのシャンパンがあったはずだな。

俺は頭の中に残っていた微《かす》かな記憶を頼りにして、棚《たな》の中からシャンパンのボトルを取り出した。

やけに豪華なボトルに入れられたシャンパンだな。

サッジからの贈り物なので、どうせ価値はなさそうだし、出してしまっても構わないだろう。

「シャンパンならあったみたいだぞ」

「…………!?」

俺の思い過ごしだろうか？

ボトルを出した次の瞬間、ルウの顔色が途端に狼狽《ろうばい》していくのが分かった。

「待って！　このシャンパンって……！　王族御用達《ロイヤルワレント》のローラン・プラチナじゃない!?　どこで手に入れたの？」

なんだか知らない名前が出てきたぞ。

仕事柄ルウは、酒に関する知識が豊富なのだろう。

「……すまん。生憎と酒には疎《うと》いんだ。これは知り合いからもらったものだ」

むう。サッジから貰ったものだったので、たいしたものではないと踏んでいたのだが、どうやらアテが外れたみたいだな。

「有名なものなのか？」

「うん。とても希少なものだから、滅多《めった》に市場に出回ってないんだけどね。バーテンダーなら誰しもが憧れている伝説のお酒だよ」

そうだったのか。

市場に出回らないということは、普通の酒場では取り扱いもないのだろう。

道理で、俺が名前を聞いたことがないわけだ。

「ねえ。アルスくん。このシャンパンを開けるのは別の機会にしようよ。このお酒は本来、大切な人と大切な日に飲むべきものだよ」

この女は、何をそんなに遠慮《えんりょ》しているのだろうか。

いかに高価であったとしても所詮《しょせん》、酒は酒である。

誰かに飲まれてこそ、初めて価値があるというものだ。

「別に構わないぞ。俺にとって今がそのタイミングだからな」

シャンパンの封を指で切りながら、俺は自分の気持ちを伝えてやることにした。

この家に置いていても、どうせ独りで飲むか、サッジの奴が家に来た時くらいしか開けるタイミングがないからな。

温存する意味は、特になさそうである。

「アルスくん……」

自分のために高価な酒の封を切ってくれたことが嬉しかったのだろうか。

色っぽい表情を浮かべたルウは、それから、そっと俺の方に体を寄せてくるのだった。

〜〜〜〜〜〜〜〜〜〜〜〜〜〜〜〜


それから。

適当に食事を摂《と》ったところで、俺たちは日課である『魔力移し』を行うことにした。


「んっ……。ちゅっ……。アルスくん……。アルスくん……」


ソファの上でルウが俺の唇を激しく求めてくる。

この女と一緒にいる時間は、そんなに嫌いではなかった。

何故だろうな。

別にレナと一緒にいることが辛《つら》いわけではないのだが、彼女の向ける純粋な気持ちに対して、荷が重く感じてしまうのだ。

俺にとっては、利用して、利用される関係が楽なのだろう。

「すまないが、先にシャワーを浴びてきてもらえるか？」

暫《しばら》く口付けを交わしたタイミングで俺は、改まってそんな言葉を切り出した。

「あ。ごめん。もしかして、におい、気になった？」

「……違う。そういうわけではない」

ふむ。俺としたことが、ルウに余計な誤解を与えてしまったようだな。

女性に対する配慮が欠けていた。

もう少し言葉とタイミングを選ぶべきだったかもしれない。

「少し準備をしたいことができたんだ。気にしないでくれ」

「うん……。分かった」

少し不審に感じたようだが、ルウは素直に浴室に行ってくれた。

さて。

ルウが外してくれてるうちに『やるべきこと』ができたようだな。
どうやら俺たちの様子を覗《のぞ》き見する不届きものがいるようだ。
薄気味が悪いな。
一体どこから入ってきたのやら。
侵入経路のハッキリしない何者かから、建物の内部から監視されているようである。
実に面倒だ。
一度、刺客《しかく》に狙われた以上、この隠れ家は近くに引き払わなければならないだろう。

「いるんだろ。出てこいよ」

試しに誘いの言葉をかけてみると、部屋の天井に備え付けられていた換気口がカタカタと音を立てて動き始める。

「ウヒョヒョ。おっと失礼。気付かれていましたか」

換気口の中から現れたのは、ガリガリに痩《や》せ細った長身の男であった。

気味の悪い男だ。

天井に備え付けられている換気口は、幅三十センチ程度のものであり、間違っても人間が通り抜けられるものではなかった。

「驚かせてしまったかな？　ワタシの体は特別製でね。こんな風に体を伸縮させたり、関節を外したりできるのですよ」

そう言って男は、軟体生物のように自らの手足を曲げてみせた。

やれやれ。

わざわざ自分の手の内を明かしてくれるとは親切な奴である。

「ふふふ。ワタシの殺し方は少し特殊ですよ。まず、生きたまま貴方《あなた》の体に入り込みます。胃を荒らし、腸を通過して、肛門《こうもん》から出た時には、貴方は激痛によってショック死することになるでしょうねぇ」

やれやれ。何処《どこ》までも、お喋《しゃべ》りが過ぎるようだな。この男は。

見ていて、腹が立つんだよな。

この手の、中途半端な仕事をする同業者《アサシン》たちには。

「お前、素人《しろうと》だろ？」

「ああん？」

ものは試しに挑発してやると、目の前の男は露骨に表情を歪ませた。

この手のタイプは、殺しを生活の糧《かて》にしているプロではない。

どちらかというと快楽殺人者に部類されるタイプの人間だ。

おそらく、本日戦った目の大きい男と同じ、《大監獄》出身の魔法師と考えるのが妥当《だとう》だろう。

「聞き捨てなりませんねぇ。ワタシはこれまで政府関係者の命によって、幾人もの要人を消してきた。正真正銘《しょうしんしょうめい》、プロの暗殺者《アサシン》だ」

違うな。この男のやっていることは、所詮《しょせん》アマチュアの延長線上に過ぎない。

真のプロフェッショナルは、仕事に余計な私情を挟むことはない。

常に冷静でいて、淡々と仕事をこなすものだ。

現に俺はそういう『ホンモノ』たちに仕事を教わりながら育てられてきたのである。


「お喋りはそれまでだ。来いよ。今日は特別に調理してやるぞ」


ちょうどいいところに武器があった。

近くにルウがいる手前、派手な魔法は使うわけにはいかないからな。

キッチンに置かれていた包丁を手に取った俺は、相手の出方を窺《うかが》うことにした。


「正気ですか……？　そんな鈍《なまくら》でワタシに挑むとでも……？」


真に優れた暗殺者《アサシン》は、戦う状況を選ばない。

どんな武器を使っても、それなりのパフォーマンスを発揮することができるものなのだ。

ちょうど良い機会である。

今日はアマチュアに格の違いというものを教えてやることにしよう。

「これ以上、ワタシを舐めない方がいいですよ？　ワタシは、ギョロのような雑魚《ざこ》とはレベルが違う！」

やはり目の大きな男の仲間だったか。

《大監獄》の魔法師たちは、独特のネーミングをしているようである。

「いきますよ！　キエエエエエエエエエエエエエエエ！」

奇声を上げた細身の男が俺に向かって打撃を繰り出してくる。

ふむ。

腕の関節を外して、射的距離を伸ばしているようだな。

もう少しスピードが伴《ともな》っていれば、距離感が狂って戦いにくい相手だったのかもしれない。

スパンッ！　魔法で切れ味を強化した包丁で、相手の両腕を切り落とすことにした。

「…………！」

だがしかし。

そこで少し驚くべきことが起こった。

確実に腕を切り落としたにもかかわらず、男は完全に俺の死角から攻撃を仕掛けてきたのである。

「言ったでしょう？　ワタシの体は、特別製だと……！」

つくづく気味の悪い男だ。

どういうわけか男の体からは、新たに四本の腕が生えてきた。

腕を切ったにもかかわらず、反撃をすることができたのは、この奇妙な能力のおかげなのだろう。

「《大監獄》の人間たちは、とある特別な実験の被験者にされていましてね。こんな風に人智を超えた《異能の力》を操ることができるのですよ」

なるほど。

たしかに面白い体をしているようだな。

説明している男の体からは、ニョキニョキと新しい腕が二本生えてきた。

「それではいきますよ！　今度こそ、ワタシの本気を見せてあげます！」

どうやら六本の腕を使った次の攻撃が男にとっての全力であるようだ。

仕方がない。

これ以上、時間を使うわけにはいかない。

家の中には各所に防音の魔法が施《ほどこ》されているのだが、浴室にいるルウがいつ戻ってくるかは分からないからな。

俺も少し本気を出してやる必要がありそうだ。

風魔法発動――《瞬脚》。

そこで俺が使用したのは、風魔法を使った高速移動技術である《瞬脚》であった。

自らの両足に風の魔法を纏《まと》わせて、移動速度を上げるこの技は、裏の世界に伝わる暗殺技法の一つである。

「な――ッ⁉　消えっ――⁉」


別に消えたわけではない。

初速が上がったことによって、そう錯覚《さっかく》しただけだろう。

今度の敵は、色々と特殊な力はあったらしいが、動体視力では前の敵と比べて、大きく劣っているようである。

敵の背後に回った俺は、服の中に隠していたナイフを首筋に突きつけてやった。


「バ、バカな……！　これは一体……⁉」


刺客《しかく》の男は、自分の身に起きたことが理解できず硬直していた。

なんてことはない。

あまりにも余裕があったので俺は、刺客の腕をリボンの形に結んで拘束《こうそく》してやることにしたのだ。

「残念だが、お前が入るのは俺の体ではない」

誰が考えても分かることだ。

殺しを仕事としている人間が、娯楽《ごらく》として殺しをしている人間に遅れを取るはずはないのだろう。

「薄暗い檻《おり》の中だ」

部屋の中を薄汚い男の血で汚すのも忍びない。

そうだな。

この男の動きを封じるのに最適なものがあった。

ルウが戻ってくる前に片付けておくことにしよう。

「お待たせ。アルスくん」

それから数分後。

シャワーを浴びて、体にバスタオルを巻いたルウが部屋の中に戻ってきた。

「あれ？　ここにあったボトルどうしたの？」

目敏《めざと》くルウが異変に気付いたようだ。

「ああ。少し思うところがあって、ボトルなら処分したぞ」

「え〜！　勿体《もったい》ない！　高価なボトルだよ！　マスターにプレゼントしたら、絶対に喜んでくれたのに！」

残念ながら、それは無理な相談である。

今、あのボトルの中には『とある男』が入っているからな。

とてもではないが、プレゼントに使えるような品ではないだろう。

咄嗟《とっさ》にボトルを隠したゴミ箱の中に視線を向けながら、俺はそんなことを思うのであった。

〜〜〜〜〜〜〜〜〜〜〜〜〜〜〜〜〜


一方、その頃。

ここは《暗黒都市《パラケノス》》の中心部に建てられた《魔天楼《まてんろう》》と呼ばれる場所であった。

その全長は一〇〇メートルにも及び、高層階からは、《暗黒都市《パラケノス》》の全域を見渡すことができる。

現在、建設作業中ということもあり、一部の関係者のみしか立ち入ることが許されない場所となっていた。

この《魔天楼》の最上階では、騎士団に在籍する《公安一課》の中心メンバーである二人が会話を交わしていた。

「それで、貴方《あなた》に殺せますか？　ロゼ」

モニターに映し出したアルスの映像を目にしながら呟《つぶや》くのは、《公安一課》の隊長であるクロウであった。

クロウにとって、今回、《大監獄》の魔法師たちを送った本当の目的は、アルスの戦闘データを収集するためであったのだ。

「愚問《ぐもん》ですよ。隊長。ボクが組織に入ったのは、そのためです」

クロウの言葉を受けて、退屈そうに呟いたのは銀色の髪の毛の少年であった。

「データは必要ありません。こんなものなくても。先輩のことは、誰よりもボクが知っていますから」

誰とも視線を合わすことなく返事をした銀髪の少年は、愛用している刀の手入れをしていた。

極限まで磨《みが》かれた刀身は、氷のように冷たい少年の表情を鏡のように映し出していた。

「この街は変わっていく。ここ、《魔天楼》を中心として」

今回の《魔天楼》の建設は、『暗黒都市清掃計画《パラケノス》』の目玉だ。

モニタールームは、街に置かれている監視カメラと連動しており、市民たちの動向を二十四時間体制でチェックすることができる。

倉庫の中には、オートで動く最新鋭の魔導兵器が保管されており、何か異変が起きれば、直ぐにでも対応できるようになっていた。

この《魔天楼》には、《暗黒都市《パラケノス》》の治安の向上に必要な設備が揃っていたのだ。

「野蛮《やばん》な暴力によって、秩序《ちつじょ》が保たれていた時代は終わりです。新しい時代を迎えるために不要なものが《ネームレス》だ。この街を取るためには、奴らを排除する必要があります」

クロウにとって厄介《やっかい》だったのが、古くから《暗黒都市《パラケノス》》の治安を守る秘密組織《ネームレス》の存在であった。

この組織の厄介なところは、個々の戦闘能力もさることながら、実態の把握《はあく》が難しいことである。

その指揮系統は謎に包まれており、バックには錚々《そうそう》たる大貴族たちが名を連ねているという噂《うわさ》があるが、騎士団の幹部クラスですら、その実情を把握していない。

「さあ。我々の素晴らしい計画のため！　一人残らず、《ネームレス》の連中を消し去りましょう！　ロゼ。貴方にはそれだけの力が備わっている！」

「………………」

ロゼは世にも珍しい《元ネームレス》の肩書を持った魔法師だ。

価値観の違いから、今は決別をしているが、元々はアルスの後輩として任務に当たっていた経歴があったのだ。

「……別に。ボクはどうでもいいです。先輩と殺《や》り合えればそれで」

ロゼが組織を抜けた理由――。

それはアルスと対等に戦い、命を奪うという目標を達成するために他ならなかった。

アルスの与《あずか》り知らないところで、新たなる敵が動き始めようとしていた。

5話　危険な好意

それから。

俺が《大監獄》から出てきた二人の魔法師と戦闘を交えてから数日の時が流れた。

今日はというと、久しぶりに学園に通って授業を受けることにした。

進学に必要なＳＰ《スクールポイント》は、既に溜まっているのだが、最低限の出席日数を確保しておく必要があるからな。

「おい。噂をすれば、来やがったぜ。例の庶民《しょみん》が……」

「ったく。せっかく人が良い気分で話していたっていうのによぉ」

クラスメイトたちからの視線が痛い。

当然といえば、当然の話であるが、俺の登校はクラスの連中には歓迎されていないようである。

さて。

本日の授業をつつがなく終えた俺は、足取りを早くして、帰宅を始めることにした。

「あの、アルスくん」

校門を出て、直ぐのところで、顔見知りの女に声をかけられる。

レナだ。

どうやらレナは俺が、この道を通るのを待っていたらしい。

「なんの用だ。放課後の訓練なら、暫《しばら》くは休みにすると伝えておいたはずだが？」

先日の《大監獄》の魔法師との交戦以来、《暗黒都市《パラケノス》》を取り巻く状況は慌ただしいものになっている。

今は仕事の方が忙しく、二人の訓練に付き合っている時間はない。

「申し訳ありません。アルスくんに大切な話があるのです……」

そう言って語るレナの声音《こわね》は、分かりやすく緊張しているようであった。

大切な話か。

十中八九、以前に会った時のことを聞かれるのだろうな。

「その……。あの……。ワタシ、アルスくんのことを……」

ここでレナが何を伝えようとしているのか分からないほど、俺も鈍感な男ではなかった。

しかし、タイミングが悪いな。

このままではレナを危険に巻き込んでしまうことは必至である。

「そこから先の言葉は、口にしない方が良い」

二本の指でレナの口を塞《ふさ》いでやりながらも、俺は言う。

「……忠告する。これ以上、俺に好意を向けるな。その先に待っているのは地獄だぞ」

元々、俺たちは決して交わるはずのない世界に生きていたのだ。

魔法の訓練に付き合うくらいのことならリスクは低いと思っていたのだが、俺に深入りすれば『今』のような状況が多発することになるだろう。

「え……。それはどういう……？」

異変が起きたのはレナが、疑問の声を上げた直後のことであった。

「ふふふ。ごきげんよう。死運鳥《ナイトホーク》」

この男は、以前に麻薬の密売人を取り締まっている時に出会った奴だな。

名前はたしか、クロウとかいったか。

白昼堂々、仲間を引き連れての登場か。

騎士団の連中も、いよいよ手段を選んでいる余裕がなくなってきているらしいな。

「ど、どうして騎士団の人たちがここに……!?」

男たちの着ている紺《こん》色の隊服を見て、レナは困惑しているようである。

当たり前の話だ。

これだけの数の騎士団員に追われることは、通常では考えられないことだからな。

稀代の大悪党か、そうでもなければ、国家に楯を突いた反逆者くらいのものだろう。

まあ、ある意味では好都合か。

レナは今、俺に対して、これ以上ないほど幻滅していることだろう。

「総員！　構えよ！」

クロウの合図と共に男たちは、こちらに銃口を向けた。

「ウソ……ですよね……？　騎士団の人たちが撃ってくるはずが……？」

どうやらレナは、完全に状況を呑《の》み込めないでいるらしいな。

たしかに騎士団に所属する人間が、一般市民に発砲するなど通常では考えられないことだ。

だがしかし。

あくまでそれは俺が『善良な市民』の場合に限る話である。

今まで俺は組織の命により、数多くの命を奪ってきた。

他者から銃口を向けられる理由は、数え切れないほど存在している。


「撃て！　その痴《し》れ者《もの》を排除せよ！」


クロウの合図と共に、男たちは一斉に銃撃を開始する。

今まで幾度となく歩いてきた通学路は、瞬く間のうちに戦場に変わった。


「レナ。離れていろ」

「…………ッ！」


俺は素早くレナの体を突き飛ばして、安全な場所に避難させることにした。

面倒な敵だ。

いつも仕事で戦っている輩《やから》であれば、何人始末したところで咎《とが》められることはないだろう。

だが、ここにいる連中は違う。

もしも撃ちどころが悪くて、命を奪ってしまうと後々にトラブルの火種を呼び込んでしまうことになるだろう。

仕方がない。

こう数が多いと手間がかかって仕方がないな。

最初から全力で『手加減をした攻撃』を叩き込んでやる必要がありそうだ。


「《瞬脚》」


そこで俺が使用したのは、風魔法を利用した高速移動術である《瞬脚》であった。

「なっ。消えた……!?」

「おい！　このガキ！　こっちに向かってくるぞ！」

俺は銃弾の嵐を掻《か》い潜《くぐ》り、立ちはだかる敵たちを殴打《おうだ》していく。

「ギャッ！」「ウグッ！」「グハッ！」


やはりな。思っていた通りだ。

騎士団の中では血の気が多いとされている《公安一課》であるが、俺から見れば温室で育った羊も同然である。

多少は魔法の心得があるようだが、単体で見れば、どうということのない敵のようだ。


「いたぞ！　こっちだ！」


ふう。どうやら敵は、俺が見積もっていたよりも随分《ずいぶん》と多くいたようだな。

騒ぎを聞きつけた援軍たちが続々と集まってきたようだ。

面倒なことになった。

何かと便利な移動術《瞬脚》であるが、自らの足に強い負担をかけるというデメリットが存在しているのだ。

本来、短期決戦に向く技だったので、連戦が続くと面倒なことになりそうだ。

「～～～～ッ！」

異変が起きたのは、俺がそんなことを考えていた直後のことであった。
突如として俺の右手は、人肌の温もりに包まれていた。

「アルスくん……！　こっちです！」

ふむ。これは驚いたな。
とっくに俺に失望して逃げている、と思っていたのだが、どうやらレナは、この期に及んで俺を助けるつもりでいたらしい。
俺の手を取ったレナは、一通り裏路地に向かって走り始めたのだ。

「どうした！　何故、撃たない！」
「待って下さい！　隊長！　一般人がいるんですよ⁉」

なるほど。

どこまで本人が想定していたかは分からないが、どうやらレナの選択は一定の効果があるものだったらしいな。

男たちの銃を撃つ手が完全に止まったようだ。

善良な一般人であり、少女であるレナに銃口を向けるのは、普通の人間には難しいのだろう。

「貸せ！　ワタシが殺《や》る！」

どうやら男たちの中にあって、一人だけ俺を殺すことを諦めていない人間がいたらしい。

クロウだ。

部下から強引に銃を奪ったクロウは、躊躇《ちゅうちょ》なく銃のトリガーに指をかける。

「ハハハハハ！　死ね！　死運鳥《ナイトホーク》！」

この男はやはり、他の連中と比べて、頭のネジが一本外れているようだな。

近くに一般人がいようが、お構いなしのようだ。

さて。

このままでは銃弾が飛んでくれば、レナに命中することは必至である。

「レナ。死にたくなければ、しっかりと掴《つか》まっていろよ」

「えっ……!?」


俺は戸惑うレナの体を抱きかかえて、身を屈めることにした。

風魔法発動――《トルネード》。

魔法を使って跳躍力を強化した俺は、そのままレナを抱えたまま跳躍。

近くにある民家の屋根の上に飛び乗ることに成功する。

「嘘だろ……!?　なんという跳躍力だ……!?」

「これが死運鳥《ナイトホーク》の力……!?」

下の方で騎士団の面々が何やら騒いでいる。

ふう。これだけ敵を引き離せば、まあ、当面の間は安全だろう。

「アルスくん……。後で詳しい話を聞かせてもらいますからね……」

俺に抱えられながらもレナは、半泣きの状態で、そんな言葉を口にする。

やれやれ。

無事に敵から遠ざかることができたのは良かったのだが、とてつもない面倒事を抱えてしまったような気がするな。

～～～～～～～～～～～～～～～～

それから。

無事に追っ手から逃げきった俺が向かった先は、以前にも一度訪れたことがあるレナのアパートであった。

「……ここなら安全です。追っ手の人たちも、流石《さすが》にワタシの住所までは調べていないでしょうから」

レナの奴はこう言っているが、そこまで連中も甘くはないだろう。

この場所が敵に知られるのは、おそらく時間の問題である。

「聞いて良いでしょうか……。どうして騎士団の人々に追われていたのですか？」

少し間を置いた後、バツの悪そうな表情でレナが尋ねてくる。

「……悪いが、それは説明することはできない。色々と不都合なことがあるからな」

現状、やはり俺に関する情報をレナに伝えるのは不可能である。

俺が組織に拾われて育てられた暗殺者《アサシン》であることは、お互いのためにも黙っていた方が良いだろう。

「アルスくんは意地悪ですね……。いつも、肝心《かんじん》なことを話してくれないのですから……」

正直に想いを伝えると、レナは何処《どこ》か諦めた表情を浮かべていた。

「俺からも聞いて良いか？　何故、俺を助けた？」

「それは……」

先程から気になっていたことを尋ねると、レナは少しの間、言葉を詰まらせてから口を開く。

「……アルスくんは、いつもワタシが困っている時に助けてくれましたから。これ以上の理由が必要でしょうか」

なるほど。今まで受けていた借りを返すためか。

真面目《まじめ》で正義感の強い、レナらしい理由である。

「今までのワタシは子供だったのだと思います。アルスくんの事情を考えもしないで、自分の気持ちばかり押し付けて。嫌われても仕方がないですよね」

「…………」

俺は否定も肯定もせずに黙ってレナの言葉を聞いていた。

「アルスくん。ワタシのことを抱いてくれないでしょうか？」

意志の強そうな眼差《まなざ》しを向けながらレナは、唐突《とうとつ》な言葉を口にする。

「何故だ？」

「……今日のことで自分の無力さを実感しました。ワタシはワタシ自身のために強くなりたいのです」

なるほど。

どうやらレナの覚悟は本物のようだな。

今まで俺がレナと深く関係を持ってこなかった理由は、彼女の中の『少女の部分』が、強く気になっていたからである。

恋愛に現《うつつ》を抜かす人間が、魔法師として大成するのは難しい。

自分の感情をコンロトールできずして、戦いの場で生き残ることができる道理はないだろうからな。

「後悔《こうかい》はしないな？」

「はい。他でもないアルスくんにワタシの初めてを貰ってほしいのです」

どうやら『断る』という選択肢《せんたくし》を取るのは難しいようだな。

ただでさえレナには今日、助けてもらった『借り』を作ったばかりなのだ。

たしかに、だ。

男女の関係を持った方が『魔力移し』を効率的に行えるという面ある。

ここで冷たくあしらうのは、男としての矜持《きょうじ》に反することになるだろう。

〜〜〜〜〜〜〜〜〜〜〜〜〜〜〜〜

一方、その頃。

時刻はアルスたちが《公安一課》の隊長であるクロウと遭遇《そうぐう》するタイミングにまで遡《さかのぼ》ることになる。

ここは《暗黒都市《パラケノス》》の中でも、最も飲食店が多い《屋台街》と呼ばれるエリアであった。

「うえ〜。飲み過ぎたぁ〜。気持ちワリィ〜」

屋台の中で酔い潰れている男が一人。

魔法師ギルド《ネームレス》に所属するサッジである。

《暗黒都市《パラケノス》》は、別名《不夜の街》と呼ばれることもあるほど、夜でも人通りの激しい場所である。

夜間にあっても、時間を潰す場所においては事欠かない。

歓楽街で記憶が飛ぶまで酒を飲んだサッジは、この《屋台街》の中で眠りにつくことが多かった。

「ほら。サっちゃん。起きなさい。お客さんだよ」

不意に屋台の店員に声をかけられる。
恰幅《かっぷく》の良い女性店員だ。
サッジが通うこの店は、お世辞《せじ》にも清潔感のある外観をしていなかった。
加えていうなら、店員の色気もないし、立地も悪い。
ただ、料理の味だけは一級品とあって、根強い固定ファンを抱えている店であった。

「んあ……？」

浴びるほど酒を飲んで、酔い潰れていたサッジは何事かと思い目を開く。
そこにいたのは面識のない銀髪の男であった。

「ふふふ。こんな場所には似合わない良い男じゃないかい！」

女将《おかみ》が声を弾ませるのも無理はない。
いつの間にか隣に座っていた銀髪の男は、街で見かければ思わず、二度見するだろう絶世の美少年だったのだ。

男の名前はロゼといった。

かつてアルスの後輩として《ネームレス》で暗躍していた魔法師である。

「……品のない店。それに品のない男だ」

寝起きのサッジと目を合わせるなり、ロゼは退屈そうに呟《つぶや》いた。

「んだぁ……？　てめぇ……？」

目覚めて早々、サッジの怒りのボルテージは急速に上昇していく。

売られた喧嘩《けんか》は女房を質に入れてでも買うというのが、サッジの信条である。

この店はサッジが贔屓《ひいき》にして通っていた、お気に入りの場所である。

意識がハッキリとしていない状況でも、目の前の男が喧嘩を売ってきているということだけは、本能的に理解できた。

「ほら。残したら、お行儀《ぎょうぎ》が悪いよね。しっかりと食べないと」

「んぐふぅっ――⁉」


突如としてサッジの視界が血の赤色に染まった。

銀髪の男が、サッジの頭をテーブルの上の皿に勢い良く押し付けたのだ。

細腕に似つかわしくない男の怪力であった。

テーブルはひび割れて、屋台の周辺は、途端に慌ただしい雰囲気《ふんいき》に包まれていく。


「ハハッ！　上等だ……。久々だぜ。このオレに路上の喧嘩《ストリートファイト》を仕掛けてくる命知らずはよ！」


痛みによって、頭の中に残っていた眠気が吹き飛んで、かえって冷静になることができた。

サッジの人生は、常に喧嘩と隣り合わせにあった。

喧嘩によって気に入らない貴族を殴《なぐ》り飛ばした結果、実家から勘当《かんどう》された。

喧嘩の腕を買われて《ネームレス》に所属することになった。

人生の転機、浮き沈みは、全て喧嘩と共にあったのだ。


「ぶっ殺す！」

高らかに叫んだサッジは、目の前の男に向かって強気で殴りかかる。

銀髪の男は、素早い身のこなしでヒラリとそれを躱《かわ》す。

「おい！　なんだ、なんだ！」

「喧嘩だ！　スゲーことになっているぞ！」

酔っ払い同士の喧嘩とは、まるで次元が違う。

目で追うことすら難しい二人の戦闘は、瞬く間にギャラリーたちの注目を引き付けることになった。

「こ、こいつら何者だ……。普通じゃねえぞ……」

「速すぎて、何がなんだか分からねえ……」

夜の街の中で激しい火花が散る。

二人の戦闘は、素人目《しろうとめ》に見ると完全に互角のように映っていた。

「キミ、凄《すご》く弱いね」

暫《しばら》くサッジの攻撃を受け流していた銀髪の男は、退屈そうにポツリと呟いた。

「ガッカリだよ。暫くボクがいない間に、組織のレベルも下がっているようだね」

「あん……？　お前、何を言って……？」

「アルス先輩も、こんな弱い奴のどこに目をかけているんだか。どうやら先輩の目も曇ってしまったようだね」

「…………」

そこまで聞いたところでサッジの怒りのボルテージは、まさにピークを迎えようとしていた。

「テメェ……？　今、アニキのことをバカにしたか……？」

「ふふふ。だとしたら、なんだというのだい？」

「ぶっ殺す！」

サッジにとって、自分をバカにされる以上に我慢できなかったのは、組織の先輩であるアルスを侮辱《ぶじょく》されることであった。

アルスは恩人だ。

喧嘩しか知らなかったサッジに、別の生き方を提示してくれたのは、他でもないアルスだったのだ。

「どらあああああああああああああああああああああ！」

魔法で全身を強化したサッジは、目の前の男に向かって突進していく。

たとえそれが単なる力任せの攻撃であっても、優れた身体強化魔法の使い手が使えば必殺の一撃になるのだ。

「……芸のない。退屈な攻撃だね」

だがしかし。

サッジの放った渾身《こんしん》の一撃は、寸前のところで見切られる。

足をかけられて、バランスを崩したサッジの体は、屋台が密集している場所に突っ込んでいく。


「…………!?」


時間にすると僅《わず》かに0・1秒を切ることであったのだが、その一瞬の出来事は目の前の敵の力量を測るのに十分なものであった。

俄《にわか》には信じがたい反応速度だ。

闇の世界に入って今まで幾度となく強者《つわもの》たちと戦ってきたサッジであったが、未だかつてこれほどまでのプレッシャーを放つ相手とは遭遇《そうぐう》したことがなかった。

だがしかし。

たとえ相手がどんなに強くても、挫《くじ》けないメンタルの強さがサッジにはあった。

「うんどりゃあああああああああああああ!」

反撃の狼煙《のろし》を上げるべく、サッジは自慢の怪力で大型の屋台を持ち上げる。

総重量五〇〇キロは上回る屋台を軽々と持ち上げたサッジは、そのまま銀髪の男に向かって、手にした屋台を振り落とす。

敵と一定の距離を取りつつも、大ダメージを狙うことのできる万全の策だ。

少なくともサッジは、自らの敗北に気付くまでに、そう考えていた。


「残念だけど、キミはもう用済み」


冷たく呟《つぶや》いたロゼは、腰に差した刀を抜く。

極限まで磨《みが》かれた刀は、ロゼの冷酷無比《れいこくむひ》な表情を映し出していた。


「まずは一人」


ロゼの抜いた刀は、飛んでくる屋台ごと切断して、サッジの肉体も切り付ける。

その剣速はあまりも迅《はや》く、万全の状態ではなかったサッジに見切ることは不可能であった。

「カハ……！」

薔薇《ばら》が散ったように血飛沫《ちしぶき》が上がる。

こうして夕暮れ前の屋台街は、狂騒の渦《うず》に包まれていくのだった。

6話 隠しアジト

それから。

レナのアパートを後にした俺が向かった先は、《暗黒都市《パラケノス》》の外れにある『異国通り』と呼ばれるエリアであった。

この『異国通り』は、《暗黒都市《パラケノス》》の中でも特異な事情を持っているエリアである。

この場所は、国外からの流れ者たちが集まり、築いてきた場所だ。

言語も、常識も、ここの通りでは通用しない。

そんな場所だからこそ、俺たち組織の『隠しアジト』を構えるのに最高の立地条件といえるのだろう。


「待っていたゾ。アルス・ウィルザード」

俺が『異国通り』に足を踏み入れて暫くすると、顔馴染《かおなじ》みの老人に声をかけられる。

目の前にいるカタコトの言葉を喋《しゃべ》る男は、リーという。

この『異国通り』を取り仕切る重鎮《じゅうちん》だ。

俺たち組織の協力者だということは分かっているのだが、詳しい素性《すじょう》は謎に包まれている。


「ジェノスなら、既に店の奥で待っているヨ」


リーに案内されたのは、知らない言葉の看板が立てられた飲食店であった。

古びた暖簾《のれん》を潜り、店の奥に足を踏み入れる。

組織の存続に関わる緊急の問題が発生した場合は、この『異国通り』にある『隠しアジト』に集まることが事前に取り決められていたルールであったのだ。

「ふう。アルか。お前も、そろそろ来る頃だと思っていたよ」

親父《おやじ》だ。

こうして改まって見ると、それなりに威厳があるように感じるな。

緊急事態ということもあって、今日は珍しく酒が入っていないようだ。

店の中には、既にマリアナを含めて俺と面識のある《ネームレス》のメンバーが集結しているようであった。

「親父。状況は？」

「今のところ分かっている限りで、ケガ人が三名。死者が一名。どうやら連中は、組織の人間を手あたり次第に襲撃しているようだ」

やはりな。

先程の襲撃は、俺だけに狙いを絞《しぼ》ったものではない。

組織に所属するメンバーを狙い撃ちにしたものらしい。

「ジェノス。説明してもらえるかしら？　どうして騎士団の連中がワタシたちを狙うわけ？」

マリアナの質問を受けたジェノスは、少しバツの悪そうな表情を浮かべた後、重い口を開く。

「今回、《公安一課》を裏で操っているのは『港区』の連中だ。異国との貿易で、急速に力をつけてきた『港区の貴族』は、既存の貴族社会のルールに縛《しば》られない。怖いもの知らずのアウトローというわけだ」

『港区の貴族』か。

そういえば俺も聞いたことがあるな。

近年では急速に発展している貿易業であるが、もともとは地位の低い貴族の仕事だったと聞く。

それというのも、荒れた海を渡り、異国の人間と商売をするのは、様々なリスクが伴《ともな》うためだ。

危険な貿易業で成功を収めた港区の貴族たちは、成り上がるためには、手段を選ばない性質があるのだろう。

「海の次は陸《おか》、ということかしら？」

「ああ。今、奴らが狙っているのは、このパラケノスの利権だ。そのために《公安一課》を操り、オレたち《ネームレス》を排除しようと企《たくら》んでいるわけだな」

なるほど。おおまかにだが、事件の全容が見えてきたな。

一口に貴族といっても、その構造は一枚岩ではないからな。

元をただせば、俺たち《ネームレス》も《公安一課》の連中も、より高位の存在に雇われた傭兵《ようへい》に過ぎない。

つまるところ、今回も、貴族同士の利権を巡る争いに巻き込まれてしまったのだろう。

「それで、俺たちはどうしたら良い？」

抜け目のない親父のことだ。

おそらく今回の事態を想定して、事前に対応策を用意しているのだろう。

「一つだけ、策がある。港区の貴族と騎士団の連中は、互いにズブズブの関係だ。奴らの悪行を記したファイルは、《魔天楼》に保管されているらしい。ソイツを入手すれば、奴らの暴走を食い止められるかもしれないな」

なるほど。《魔天楼》か。

聞くところによると、あの建物は、騎士団の連中が自らの本拠地にするために建てたものらしいからな。

可能な限り人目に付かないように集まる俺たちとは、完全に対照的なやり方である。

異変が起きたのは、俺がそんなことを考えていた直後のことであった。

「オイ！　そこをドケ！　ケガ人ダ！」

突如として、店の中が慌ただしい雰囲気《ふんいき》に包まれる。

この声は、リーか。

何やら相当、慌てているようだ。

次に視界に入ったのは、俺にとって想定外の光景であった。

「ちょっと！　サッジ！　どうしたのよ。そのケガ⁉」

リーの肩を借りて、店の中に入ってきたのはサッジであった。

随分《ずいぶん》と派手にやられているようだな。

胸には十字の切り傷が刻まれている。それも相当に深く切られているようだ。

生命力に長《た》けたサッジでなければ、まず、失血多量で死んでいたダメージである。

「マリアナ。治癒《ちゆ》魔法をかけてやってくれ」

「分かったわ」

親父の指示を受けたマリアナは、サッジの傍に駆け寄って治療を始めていた。

「……サッジ。誰にやられた？」

治療の最中ではあるが、気になっていることを尋ねてみる。

どうやら口を利《き》く程度の体力は残っているようだ。

仕事に関しては不安が残る部分が多いが、この男の戦闘能力は、二流の相手に遅れを取るものではない。

この俺が認めているのだ。

仮に複数の魔法師に囲まれていても、この男の能力があれば、簡単に突破することができるだろう。

「わ、分からねえ。年下の、銀髪の男でした……。どうやら奴はアニキのことを知っているようでしたぜ……」

「………………！」

そこまで聞いたところで俺は、サッジを切った人間の正体に察しをつけていた。

なるほど。

たしかに《公安一課》の中にも一人、サッジを超える力を持った魔法師がいたはずだ。

その男は、かつて、俺の後輩として働いていた人間だ。

やれやれ。

面倒ではあるが、新旧の後輩たちの不始末は、先輩である俺が取るべきかもしれないな。

「……親父《おやじ》。今回の仕事《ヤマ》は俺にやらせてくれないか？」

だから俺は親父に対して、そんな言葉を口にするのだった。

～～～～～～～～～～～～～～


それは今から三年前。

組織の仕事に俺が少しずつ慣れ始めた頃のことであった。

「アル。年も近いことだし、コイツの面倒はお前が見てやってくれよ」

その男と知り合ったのは、親父に呼ばれて、アジトに出向いた時のことであった。

どうやらロゼは、両親を事故で失い孤児となった貴族の子供らしい。

「あの……。よろしくお願いします。アルス。先輩……」

正直に言って『向いていない』と思った。

この世界で生きていく人間は、少なからず瞳の中に闇を宿すものなのだ。

だが、ロゼの眼差《まなざ》しは生まれたての子供のように無垢《むく》なものであった。

目の前の少年が闇の世界に生きて、人殺しを糧《かて》に生きていくイメージが湧かなかった。

「どうだ？　後輩を持った気分は？」

ロゼと仕事で組んでからというもの親父は、俺に定期的な進捗《しんちょく》の報告を求めてくる。

「別に。今のところは特に問題ないぞ」

「たまには悪くないだろ？　後輩を持ってみるのも。今はもう死んじまってはいるが、アイツの親父は一流の魔法師だったよ。オレの眼に狂いがなければ、ロゼは、父親すらも超える魔法師になるはずだぜ」

これは後になって判明した話であるが、ロゼの父親は、もともと親父の仕事仲間であったそうだ。

たしかに、俺の目から見ても、ロゼには、魔法の才能があった。

もともとの才能に加えて、素直な性格も手伝って、教えたことは乾いたスポンジのように吸収していた。

だがしかし。

ロゼには暗殺者《アサシン》としては致命的に『ある素質』が欠けていた。

俺が懸念《けねん》していた問題が表面化するまで、そう時間はかからなかった。

「へへっ。殺《や》ってきました。今日の仕事は楽勝でしたね。アルス先輩」

「ああ。そうだな」

その日の仕事は、政府に反旗を翻《ひるがえ》して、クーデターを企《たくら》んでいる大貴族の暗殺であった。

俺が庭にいる警備兵たちを引き付けている間に、裏口からロゼが屋敷に侵入して、ターゲットを始末する。

当初の予定では、そういう手筈《てはず》となっていた。

「へへっ……。覚悟をしろよ！　クソガキども！」

「…………ッ！」

俺が異変を感じたのは、俺がロゼと合流した直後のことであった。

屋敷の窓から、何やら不穏な気配を感じた。

素早く敵の殺気を察した俺は、咄嗟《とっさ》にロゼの体を安全な場所に突き飛ばす。

瞬間、爆発音。

どうやら何者かが窓から爆発物を俺たちの方に向かって、投げ込んできたようだ。


「ハハッ……。ど、どうだ……？　殺ったか……？」


俺は無防備に窓から顔を出した男の額に、銃弾をぶっぱなす。

そこにいたのは、今しがた始末したと報告を受けたはずの『ターゲットの男』の姿であった。

「どういうことだ。ロゼ。あの男の始末は、お前に任せていたはずだぞ？」

「…………」


問い詰めると、顔色を蒼白にしたロゼが事情を話し始める。

「あの人、ウソつきだ……。見逃してくれたら、もう二度と国に逆らうようなことはしない。故郷に帰って、静かに暮らすと言っていたのに……」

曰《いわ》く。窮地《きゅうち》に陥《おちい》った男は、ロゼに向かって必死の命乞《いのちご》いをしたようだ。

故郷に残した家族のためにも死ぬわけにはいかない。

見逃してくれたら、屋敷の中に火をつけた後、失踪《しっそう》するとロゼの前で誓ったのだという。

「あの、アルス先輩……。あの人たちは、本当に殺されるような悪いことをしていたのでしょうか？」

「どういうことだ？」

「……間違っているのは、あの人じゃない。ボクたちの方なんじゃないかって」

何処《どこ》までも思いつめたような表情で、ロゼは言う。

「さあな。善悪を判断するのは、俺たちの仕事ではない。上の連中が下すことだ」

この上なく、悪い兆候だ。

経験上、仕事の際に己の感情を優先する人間は、この世界で長く生きることはできない。

「あまり余計なことを考えるな。今度こそ本当に殺されるぞ」

肝心《かんじん》なのは、『善悪』の区別ではなく、いかにして日々の戦場で生き延びていくかということだ。

貧困街《スラム》で生まれ育った俺にとっては、物心ついた時から身に着けていた当然の価値観だ。

だが、ロゼは、ありあまる魔法の才能と引き換えに、裏の魔法師として不可欠な思考を持ち合わせていなかったのだ。

今にしてみれば、この時から俺たちの歯車は狂い始めていたのだろう。

―― 7話 ――　聳え立つ魔天楼

それから。

親父《おやじ》から仕事の詳細を聞いた俺は、足取りを早くして、噂《うわさ》の《魔天楼》にまで足を運んでいた。

改めて、近くで見ると、やはり迫力のある建物だな。

全体が騎士団の象徴である紺《こん》色に染められた塔は、街全体を威圧するかのようにして建てられているようだった。

『……《魔天楼》の最上階には、『港区の貴族』の悪行を記憶したXファイルと呼ばれる書類が保管されているらしい。アル。今回、お前に任せる仕事は、Xファイルの奪取だ』

その時、俺はここに来るまでに親父に言われたことを思い出していた。

Xファイルか。

果たしてそんな都合の良いものが存在しているのかは甚《はなは》だ疑問であるが、他に有効な手段がない以上は、今は仕事に専念するより他はないだろう。

さて。

軽く周囲の様子を観察してみたが、どうやら出入口となる部分は正面玄関しかないようだ。

仮面をつけて変装を施《ほどこ》した俺は、正面突破を試みることにした。

ふうむ。

人に視《み》られているというわけではなさそうだが、何やら不穏な気配を感じるな。

身体強化魔法発動――《解析眼》。

そこで俺が使用したのは、《解析眼》と呼ばれる魔法であった。

魔力の流れを肉眼で捉えることを可能にする《解析眼》は、限られた魔法師にしか使うことのできない高等技術であった。

やはりそうだ。

この入口の付近には、侵入者の存在を感知するためのトラップが仕掛けられているようだな。

極細《ごくぼそ》の糸の形をした魔力関知センサーだ。

俺は魔力の糸を避けつつ、建物の奥に歩みを進めていく。

「待て！　貴様！」

ふむ。この辺りからは警備の人間が常駐しているようだな。

「何をしている！　そこで止ま……カハッ！」

言葉を遮《さえぎ》るようにして、俺は、殴打《おうだ》による一撃を加えてやることにした。

大抵のケースの場合、門番の仕事を任されるような人間は、組織の中でも戦闘能力に劣る人間が多い。

この程度の相手に手を焼くようでは、これから上の階層で待っている敵に敵《かな》うはずがないだろう。

〜〜〜〜〜〜〜〜〜〜〜〜〜〜〜〜〜〜〜〜〜〜

でだ。

無事に正面玄関を突破した俺は、螺旋《らせん》の階段を上り、《魔天楼》の最上階を目指すことにした。


「いたぞ！　死運鳥《ナイトホーク》だ！」

「絶対に取り逃がすな！　これ以上、先には行かせるわけにはいかん！」


俺は立ちはだかる警備兵たちを蹴散《けち》らしつつも、素早く階段を上っていく。

ふむ。想定したよりは警備が手薄のようだな。

嫌な予感がする。

騎士団の本拠地にしては不用心すぎるのだ。

事前に伝え聞いていた話では、この《魔天楼》の中には、侵入者を撃退するための最新鋭の魔導機が備わっているというのだ。

だがしかし。

今のところ、それらしいものは見当たらない。

強《し》いていうなら、最初にあった魔力関知センサーくらいだが、あれくらいのトラップであれば、他の場所でも見かけることがあるからな。

まるで俺を最上階におびき寄せるためにあえて警備を薄くしているかのようであった。
剣と盾の紋章が描かれた大きな扉を開いて、最上階の部屋に入る。
そこにいたのは予想していた通りの顔であった。

「ごきげんよう。死運鳥《ナイトホーク》」

椅子《いす》に座りながら、上機嫌な様子で声をかけてくるのは、このところ俺と何かと縁のあるクロウとかいう男であった。
どうやら部屋の中にいるのは、この男だけのようだ。

「ふふふ。貴方《あなた》の目的は分かっています。ズバリ、このファイルが目的なのですよね」

そう言ってクロウが懐《ふところ》から取り出したのは、表紙に『X』の文字が書かれていた薄いファイルであった。

「まったく、バカを操るのは簡単ですねえ。今時、こんな旧式の方法でデータを保管する組織が何処《どこ》にあるというのですか」

不敵に笑ったクロウは、手にしたファイルをビリビリに引き破いた。

ふうむ。どうやら『Xファイル』は俺たちのことを誘《おび》き寄せるためのワナだったらしいな。

その時、俺の脳裏《のうり》に過《よぎ》ったのは、ここに来る前に親父から受けた忠告であった。

『警戒するべきは、『Xファイル』に関する情報がオレたちを誘き寄せるためのトラップだったケースだな』

流石《さすが》に話が出来過ぎているので警戒はしていたのだが、親父の懸念《けねん》は的中していたようだな。

まんまと俺たちは偽の情報を掴《つか》まされてしまったようである。

『そうなった場合は、仕方がない。あまり気乗りはしないが、強行突破だ。プランBに移行するぞ』

たしかに、この方法に関しては俺も気乗りしない。

親父の対案は作戦と呼ぶには、あまりに強引で、不確定な要素が多すぎる。
だが、こうなった以上、贅沢《ぜいたく》をいっていられる余裕はなさそうだ。
事前に用意していた強行突破のプランを決行するしかないみたいだな。

「時に死運鳥《ナイトホーク》。貴方は信仰深いタイプの人間ですか？　かつて、かの地に居住している人々は、度重《たびかさ》なる大洪水に怯《おび》えていたそうです。洪水は、人々の住居を洗い流して、無に帰す。そこで立ち上がったのは、異国の地から流れついた一人の賢人であった」

なんだか、どこかで聞いたことのある話だな。
たしか、昔から、この国に古くから伝わる神話のストーリーの一節だったか。

「賢人は、近隣住民たちの反対を押し切り、天高く聳《そび》える『塔』を建設した。塔の建設によって、人々は安全な暮らしを手に入れることができ、賢人は周囲からの惜しみのない賞賛を勝ち取ることになった」

鼻につく奴だな。

まるで神話に出てくる『賢人』が自分であるかのような言い草である。

さながら、この《魔天楼》は、新しい秩序《ちつじょ》の象徴とでも言いたいのだろう。

「古い技術。古い組織。古い規則。それらは全て、取り除かなければなりません。人類の進化のためにもね」

クロウの言わんとすることの意味は、朧気《おぼろげ》ながらも理解できる。

不穏分子を『力』によってねじ伏せて、闇に葬《ほうむ》る組織のやり方は『古い』ものなのかもしれない。

「悪いが、お前のくだらん御託に付き合うつもりはない」

手短に会話を切り上げた俺は、クロウに対して銃を向ける。

事前に伝え聞いていた『Xファイル』の情報はダミーであったが、この建物が騎士団の本部であることには変わりがない。

となれば何かしら、代わりになる情報データが眠っているはずだ。

予定は狂ったが、この男から情報を聞き出すことができれば、帳尻を合わせることは可能だろう。

「ふふふ。そうですか。残念ですが、ワタシも貴方の野蛮《やばん》な暴力に付き合うつもりはありませんよ」


異変が起きたのは、クロウが指をパチリと鳴らした直後のことであった。

突如として、部屋の中の明かりが消えて、周囲が暗闇に包まれていく。

闇討《やみう》ちか。

昔から、暗殺者《アサシン》たちが、よく使っていた策である。

熟練の魔法師であっても、暗闇に慣れるまで、どうしても数秒の時を要するのだ。

シンプルではあるが、この方法は条件さえ整えば、最高の暗殺手段となり得るのである。

実際、タイミングは悪くなかった。

相手が俺でなければ、この暗闇からの一撃で勝敗は決していたかもしれない。

付与魔法発動――《耐性強化》。

姿を消して、大概《たいがい》に放出される魔力を最小限に留めたとしても、内に秘めた殺気までは隠すことができなかったみたいだな。
俺は咄嗟《とっさ》に殺気のする方向に向けて、強化した銃を向けた。
ガキンッ！
部屋の中で、金属同士が擦れ合う音が鳴り響く。
摩擦熱によって火花が飛び散り、暗闇の中に男の姿が浮かび上がった。

「お久しぶりです。アルス先輩」

男の声を聞くなり、不思議と俺の心臓の鼓動は速まっていく。
何故ならば――。
そこにいたのは、実に三年振りの再会となる因縁《いんねん》の相手の姿であったからだ。

―― 8話 ―― 因縁の決戦

「アルス先輩！　ボクと一緒に組織を抜けませんか？」

ロゼから、そんな提案を受けたのは、俺たちが一緒に仕事を始めて半年ほどの時が過ぎたタイミングであった。

「アルス先輩ほどの人なら引く手あまたです！　別に、殺しを仕事にしなくても……。もっと人の役に立つ、綺麗《きれい》な仕事はいくらでもあるはずですよ！」

暫《しばら》く一緒に仕事をしてみて、分かったことがある。

ロゼの中には独自の『正義感』があり、上から命じられるままに『殺し』を行う現在の仕事には、嫌悪感を覚えていたのだ。

この男の不満は分からないでもない。

俺たちの仕事は、ターゲットの素性《すじょう》を明かされないまま遂行《すいこう》することも多いのだ。

その人間が果たして『悪』だったのかは、俺たちにとっては、知り得ない問題だ。

実際、どう見ても一般人としか思えない、無抵抗の人間を手にかけたことも、何度かあった。

自分の『納得』を優先させるロゼとは、致命的に組み合わせが悪かったのだろう。


「…………」

「カネの問題ではない。これは俺なりのケジメというやつだ」

「どうしてですか！　報酬《ほうしゅう》に不満があるならボクが交渉をして……」

「残念だが、それはできない……」


これまで俺は数えきれないほど人間を殺《あや》めてきた。

別にそのことについて、罪悪感を抱いているわけではない。

俺が殺さなくても、組織の別の誰かが、同じことをしていただろう。


「考え直して下さい！　貴方《あなた》は、他のクズたちとは違う！　幸せに生きるべき人間だ！」

立ち去ろうとする俺に向かって、ロゼは叫ぶ。

傲慢《ごうまん》な奴だな。

その人間にとって、何が幸せなのかは、各々《おのおの》が決めるべきことだろう。

実際、ロゼの言う通り、仕事を変えて『一般人』として生きる選択を考えたことも、過去にはあった。

だが、どうしても今更、足を洗って、綺麗に生きる気にはなれなかった。

殺していった人間の顔が思い浮かぶのだ。

償《つぐな》い、というのは少し違うな。

これは人殺しを生業《なりわい》にしてきた俺に残った、数少ない『矜持《きょうじ》』だ。

人殺しとして生きる俺は、最後まで人殺しとしての人生を貫くべきだろう。


～～～～～～～～～～～～～～


何故だろう。

ロゼと目が合うなり、俺は過去の記憶を思い起こしていた。

その後、俺は仕事中に、ロゼからの裏切りにあって背中に傷を負うことになったのだ。

今にして思うと、苦い思い出だ。

あの時、俺がロゼの内面と真面目《まじめ》に向き合っていたのなら、俺たちの人生は違ったものになっていたかもしれない。


「安心しました。腕は鈍《なま》っていないようですね」

昔と変わらない、純粋な笑顔を浮かべながらもロゼは言った。

「……世界の平和のため、先輩の首を討《う》たせてもらいます」


世界の平和か。

そういえば、ロゼは己の中の善悪に何より拘《こだわ》る男だったな。

おかしな奴だ。

人を殺すために武器を振るいながらも、この男は心底、本気で世界の平和を願っているのだろう。

「先輩。聞いても良いですか？」

戦いの最中、俺の放った銃弾を躱《かわ》し続けながらもロゼは言った。

「先輩ほどの人間が、どうして組織の飼い犬を続けているのですか？」

組織の飼い犬か。

おそらくロゼの目から見ると俺は、組織の命令を忠実に遂行するだけのロボットのように見えていたのだろう。

「先輩が目指しているものはなんですか？　ボクには、貴方の生きる目的が、理解できません……」

ロゼに聞かれたところで俺は今一度、自分の中の思考を整理してみる。

生きる目的か。

仕事を始めた頃の俺は、ただ『生きるため』に『人を殺す』仕事をしていた。

だが、精々それは最初の数年程度の話である。

今の俺には、仕事を失っても、向こう数年は食うに困らない金がある。

つまり、俺は他でもない『自らの意志』によって、人殺しとしての人生を歩んでいるのだ。

ロゼからしたら、そんな俺の考えが不思議でならなかったのだろう。


「俺は暗殺者《アサシン》だ。物心ついた時からな」


薄汚れた暗殺者《アサシン》に壮大な目標は似合わない。

人殺しから足を洗って、田舎《いなか》で平穏に余生を過ごすのも違う。

それは今まで殺してきた人間たちに対する裏切りだ。


「……人殺しの末路として相応《ふさわ》しいのは、同じように誰かに殺されることだ。今の俺が求めているのは、『相応しい死に場所』といったところかな」

皮肉なものだな。

当初は『生きるため』に行っていた仕事であるが、今は『殺されるため』に仕事をしているのだろう。

暗殺者《アサシン》として生きて、暗殺者《アサシン》として死ぬことが、今の俺の目的であり、原動力となっているのだ。


「フフフ……。アハハハハ！」


俺の答えがそんなに可笑《おか》しかったのだろうか。

戦闘の最中であるにもかかわらず、ロゼは高笑いを始めた。

「流石《さすが》はアルス先輩です。先輩はいつだって、ボクの期待を裏切らない、殺されるために生きているなんて。おかしな人ですね」

満足そうに笑ったロゼは俺に対して、刀を向ける。

失礼な奴だ。

俺の目から見ると凶器を振り回しながら世界の平和を願う、この男の方がよほど奇特な人間

に見えるのだけどな。

奇《く》しくも、相思相愛、といったところかな。

俺がロゼを見て、『おかしな人間』だと思っているのと同じように、ロゼは俺のことを『おかしな人間』だと思っているのだろう。

「先輩はとても幸運です。その願いは今日、ボクが叶えることになるのですから」

ふむ。どうやらロゼは、この攻撃で決着をつけるつもりでいるようだ。

今までとは一撃に込める集中力と殺気が段違いだ。

ロゼは力強く地面を蹴《け》って、俺に向かってくる。

途中にフェイントが四回。

剣先に風の魔法を纏《まと》わせたロゼは、音速を超える剣を振るう。

「終わりだ！」

果たしてそれはどうだろうな。

たしかに、見事というより他に形容する言葉が見つからない攻撃ではある。

ロゼは自分の理想を体現するためには、一切の努力を惜しまない人間であった。

この一撃には狂気にも近い、努力の痕跡が窺《うかが》える。

やれやれ。

このレベルの攻撃で終わりにできるなら、俺の人生は、楽なものだったのだけれどな。

残念ながら、俺の本能はこの攻撃を『相応しい死に場所』として認めてはいなかったようである。

寸前のところで敵の攻撃を見切った俺は、即座にカウンターの一撃を叩き込む。


「グッ……」


ロゼの体が宙を舞い、部屋奥の壁に衝突する。

咄嗟《とっさ》に防御魔法を発動したようだが、暫《しばら》くは脳震盪《のうしんとう》でまともに立ち上がることはできないだろう。


「何故……。な、何故だ……。ボクの技は、攻撃は、完璧《かんぺき》だったはずなのに……」

自慢の一撃を見切られたロゼは、納得のいかなそうな表情を浮かべていた。

「半年だ」

手に付いた血を拭《ぬぐ》いながらも、俺は答え合わせのつもりで言葉を返す。

「これでも半年間、上司として、ずっとお前のことを見てきたんだ。お前の手の内はお見通しだ」

「…………」

どんなに練度の高い攻撃であっても、相手の手の内が分かっているのならば興覚《きょうざ》めというものだ。

俺を殺すのであれば、技の練度を上げるだけではなく、他の方法を考える必要があったのかもしれないな。

さて。

勝負の大勢はこれで決したようだが、まだ一人、諦めていない人間がいるようだ。

「おのれぇ……！　ドブネズミが……！」

アテにしていた切り札が不発に終わって、怒りの感情に駆られたのだろう。

クロウは、額に青筋を浮かべているようだった。

「貴様ァ……！　生きてこの《魔天楼》から、逃げられると思うなよ！」

クロウが合図を送った次の瞬間。

部屋の前で待機していた大量の兵隊が雪崩《なだ》れ込んできた。

ふむ。

よくもまあ、これだけの数の兵隊を用意できたものだな。

おそらくクロウは、最初からロゼの敗北すらも想定していたのだろう。

「その言葉、そっくりそのまま返してやるよ」

ここに来るまで違和感があった。

俺が《魔天楼》に侵入するのと同じタイミングで、別の侵入者がこの《魔天楼》の中に入っていたのだ。

利用できると思って、今の今まで放置していたのだが、ようやく活躍の機会が巡ってきたようである。

「ハハッ……。減らず口を……！」

異変が起きたのは、クロウがそんな言葉を漏《も》らした直後のことであった。

ドガッ！

ドガガガアアアン！

突如として爆発音。

耳をつんざくような轟音《ごうおん》と部屋の窓ガラスは粉々に砕《くだ》け散り、激しい振動に包まれていくことになる。

「なんだ……？　何事だ……!?　モニターをつけろ！」

「ハッ……！」

クロウの声によって、部屋の中に設置されたクリスタルは、無数の映像を映し始める。

『燃やせ！　燃やし尽くせ！』

『この街の貴族どもは皆殺しだ！』

モニターの中に映ったのは、何やら騒々しく暴れまわる若者たちの姿であった。

ふむ。

服のシンボルから察するに《逆さの王冠《リバース・クラウン》》の連中のようだ。

『ヒャハハハ！　ドケ！　このオレ様が成敗《せいばい》してやらあ！』

部下たちを率《ひき》いて先陣を走る男の姿には見覚えがあった。

んん？

あの男、前に何処《どこ》かで会ったような気がするな。

そうか。思い出した。

以前に港で戦った、《逆さの王冠《リバース・クラウン》》の魔法師だな。

名前はたしか《不死身のジャック》とかいったか。

この男は前に戦った時に、魔法で焼き尽くしたはずなのだが、五体満足でピンピンとしているようだ。

俺としたことが迂闊《うかつ》だったな。

どうやら俺の攻撃が甘かったようだ。

自ら《不死身》と名乗っていたのは、あながち誇張ではなかったということか。

「今直ぐB班に連絡しろ。奴らを叩き出せ！」

「ダメです！　連絡がつきません！」

「なに……!?　どういうことだ……!?」

どうやら騎士部隊の連携は、《逆さの王冠《リバース・クラウン》》の暗躍によって絶たれてしまったらしい。
そうこうしているうちに、次々と建物の中に爆発音が巻き起こる。

「ひぃ⁉」

足元がグラついて、騎士部隊の隊員たちはパニックに陥《おちい》っているようだった。
さて。
このまま部屋の中に留まれば、俺も爆発による巻き添えを受けかねない。
どうやら俺も、この《魔天楼》から離脱する時がきたようだな。

「待て！　どこにいくつもりだ⁉」

俺がその場を去ろうとすると、怒りを露《あらわ》にしたクロウが呼び止めてくる。

「アル！　こっちよ！」

どうやら予定通りに迎えが来てくれたようだな。

魔導飛翔機に搭乗《とうじょう》して、俺の前に現れたのは、今回の任務に同行していたマリアナであった。

今回の作戦は、俺が敵の注意を引き付けている間にマリアナが塔に侵入して、機密データを入手する。

最初から、そういう手筈《てはず》となっていたのである。

「早く来て！　もう時間がないわ！」

この様子だとマリアナの方は、既に作戦を完了させているみたいだな。

成功確率の低い作戦だとは思っていたのだが、テロリストたちが好き勝手に暴れてくれたことがプラスに働いたのだろう。

指示を受けた俺は、助走をつけて、魔導飛翔機に向かって飛び移る。

「待て！　逃げる気か！　死運鳥《ナイトホーク》！」

塔の最上階に取り残されたクロウの叫びが聞こえてくる。

元より俺は、組織のやり方が正しいと思ったことは一度もない。

理想をいうのならば、この《暗黒都市《パラケノス》》は《神聖騎士団》のような『正しい秩序《ちつじょ》』によって、統治されるべきなのだろう。

だがしかし。

あくまでそれは『理想』であって『現実』に則した考えではない。


「残念だが、今回はお前たちの負けだよ」


元より、この街は『正しさ』が機能しない場所なのだ。

こんな逃げ場所のないところに堂々と本拠地を構えるのは、何より現実が見えていない証拠だろう。

テロリストたちは常に手段を選ばない。

悪人を裁くことができるのは、同じ属性を持った人間だけだ。

つまるところ、この街は、未だに俺たちのような無法者を必要としているのだろう。

「天高く作った塔は、神の怒りに触れて、焼かれる運命《さだめ》、だったな」

「え？　なんのことかしら？」

「……なんでもない。単なる独り言だ」


実のところ、クロウが口にしていた神話には続きがあった。

異国の地より流れ着いた賢人は、塔の建築により、人々を洪水の危機から救った。

だが、自らの技術に慢心した賢人は、次々と更に高い塔を建築していく。

天界にいる神々と肩を並べるために――。

塔の目的は次第に、洪水から人々を守るため、というものではなく、己の力を顕示するために変わっていたのだ。

やがて、神の逆鱗《げきりん》に触れた塔は、裁きの雷《いかずち》によって、焼き払われる。

「うぐううう……。おのれえええええええええええええええええ！」

夜の空にクロウの叫び声が木霊《こだま》する。

間髪《かんはつ》容《い》れずに爆発音が鳴り響き、天高く聳《そび》え立つ《魔天楼》は崩壊の時を迎えることになるのだった。

9話　後始末

時は《魔天楼》崩壊のニュースが世間に伝わってから、翌日にまで進むことになる。

「クソがっ……。ゴミ虫どもが……」

塔の崩壊から、命からがら逃げ延びたクロウは、《暗黒都市《パラケノス》》の路地裏で恨めしそうに呟《つぶや》いていた。

「バカな奴らだ……。我々の秘密を握ったつもりかもしれないが、そんなものは簡単にもみ消せる！」

クロウにとって好都合だったのは、今回の《魔天楼》の事件によって、『暗黒都市《パラケノス》清掃計画』

が頓挫《とんざ》したかのように思われていることだ。

実際は違った。

《暗黒都市《パラケノス》》のクリーン化は、止めることができない世の中の時流《メガトレンド》である。

この世界で最も重要なのは、カネでも、情報でもない。

権力《ちから》だ。

権力のあるところにカネは集まる。

つまるところ正義とは、権力のある人間のことを指す。

権力によって真実は捻《ね》じ曲がり、闇に葬《ほうむ》られることになるのだ。

（……とにかくまずは上に報告だ。『港区の貴族』を説得できれば、我々にもまだ勝機は残っている）

その男に出会ったのは、クロウがそんなことを考えていた直後のことであった。

「よお。兄ちゃん」


裏路地で何者かに声をかけられる。

最初はただの、酔っ払いだと思っていたのだが、それにしては様子がおかしい。

只者《ただもの》ではない雰囲気《ふんいき》だ。

金色の髪の毛の奥に隠された鋭い眼光は、見るものを畏怖《いふ》させる異様な威圧感があった。


「貴様……。よもや《金獅子》か？」


その男の名前は、騎士団の隊員たちにとって時折、話題に上がっているものであった。

数年前に忽然《こつぜん》と前線から姿を消した凄腕《すごうで》の暗殺者《アサシン》だ。

今から十年以上も昔は、《暗黒都市《パラケノス》》は《魔の巣窟《そうくつ》》と呼ばれて、とても人間が住めるような環境ではないとすら言われているものであった。

殺人、窃盗《せっとう》、強姦《ごうかん》。

ありとあらゆる犯罪が日常的に行われていた混沌《こんとん》の時代だ。

この時代に暗躍をして、《暗黒都市《パラケノス》》に光をもたらしたとされている人物であった。

「嬉しいよ。こんな老いぼれの名を覚えてくれている奴がいたとはねえ」

スキットルに入ったウィスキーを呷《あお》りながらも、男は言った。

「ふふふ。まさか貴方《あなた》の方から会いに来てくれるとは……。これは手間が省《はぶ》けましたよ」

クロウは知っていた。

この男は、闇の魔法師としての前線を去った今、《ネームレス》と政府関係者を繋《つな》ぐ顔として暗躍していたのである。

こうなった以上、回りくどい手段を取る必要がなくなった。

今、目の前にいる男を支配することができれば、この《暗黒都市《パラケノス》》を手中に収めることができるだろう。

「コイツを受け取りな。お前はやり過ぎたよ」

そう言ってジェノスが手渡したのは、赤色の封筒であった。

宛名《あてな》に書かれていたのは、他でもないクロウ自身の名前であった。

騎士団に勤める人間であれば、それが『逮捕状』であることは即座に理解することができた。

「ふふふ。見え透いたハッタリですね」

こんなもの、中身を確認するまでもない。

クロウは手にした封筒を二つに引き裂いた。

「残念な人ですねえ。我々のバックについている方々を知らないから、こんな脅《おど》しが通用すると勘違いをするのでしょう」

クロウが強気に出られるには、《公安一課》のスポンサーである『港区の貴族』の存在があった。

貿易により得た利益で、王政に多額の献金を行っている『港区の貴族』は、王国の中枢部《ちゅうすうぶ》にも影響力を持った存在だ。

中でもクロウが日頃から連絡を取り合っている貴族は、『港区の王』とも呼べる存在であった。

「残念だったな。お前さんが信頼を置いている人間は、今頃ウチのエースが仕留めているはずだぜ」

「……………？」

異変が起きたのは、ジェノスが意味深な言葉を口にした直後のことであった。

「隊長！　大変です！」

クロウの部下の一人が、顔色を変えて駆け寄ってくる。

「本日の面会予定であった高貴なる方々ですが……。予定が合わずにキャンセルしたいとの申し出が……」

「なに……！？」

「更に事情があって、今後の出資も全て取り下げたいということでした！　何やら緊急の問題が発生しているようです！」

「…………」

そこまで聞いたところでクロウは、目の前の男の言葉がハッタリではないことに気付いた。

「残念だが、お前さんはトカゲの尻尾《しっぽ》切《き》りに使われているようだ。トップが殺《や》られて、大慌て、といったところか。奴らのシナリオだと、今回の計画は、お前さん一人で企《くわだ》てたことになっているらしいぜ？」

「ハハッ……。そんなはずは……」

この世界で最も重要なのは、『権力』だというクロウの主張は間違ってはいない。

事実として今回の事件では、権力を持っている『港区の貴族』たちの何人かは、責任を逃れる手段を取ることができたのだ。

だがしかし。

クロウにとって想定外であったのは、『港区の貴族』たちすらも圧倒する《ネームレス》の存在であった。

「良かったじゃねぇか。《大監獄》の中には、お友達もたくさんいるんだろ？」

冗談めかした口調でジェノスが皮肉を吐くと、クロウは体を支える糸が切れたように両膝を地面につける。

「バ、バカな……。このワタシが……。こんな……。こんなところでえええええええええええええええええええええ！」

クロウの悲痛な叫びが《暗黒都市《パラケノス》》の裏路地に木霊《こだま》する。

こうして《暗黒都市《パラケノス》》で起こった一連の騒動は、幕を閉じることになるのであった。

エピローグ　波乱の予感

俺が《魔天楼》での仕事を終えてから数日の時が流れた。

あの日からというもの俺は、特筆することのない平穏な日常を過ごしている。

最近まで巷《ちまた》を騒がせていた《公安一課》の連中であるが、《魔天楼》の崩壊以来、すっかりと大人しくなっていた。

ロゼの消息については、未だにハッキリとしたことは分かっていない。

だが、抜け目のないあの男のことだ。

おそらく、今も生き延びていて、何処《どこ》かで牙を研《と》いでいるに違いない。

「さて。行くか」

洗い立ての制服に袖《そで》を通した俺は、貧困街《スラム》のアパートを出ることにした。

仕事の後処理に追われて、暫《しばら》く学園を休んでいたのだが、今日に限っては話が別である。

今日は月に一度の《月例試験》がある日だからな。

暫くルウ&レナの二人にも会っていなかったことだし、二人の成長を確認することにしよう。

〰〰〰〰〰〰〰〰〰〰〰〰〰〰〰

それから。

通常授業が終わり、件《くだん》の《月例試験》の時間がやってきた。

俺たちが訪れたのは、入学試験の時にも使用した見晴らしの良い平原エリアであった。

「さて。本日は今学期の最後となる《月例試験》の日となる。この三カ月の間の成果をいかんなく発揮してほしい」

《月例試験》の試験官を務めているのは、1Eの担任教師であるリアラであった。

今現在、俺たちの前に並んでいるのは『試験石』と呼ばれる特別なものである。

与えた魔法の威力を数値化する効果のある『試験石』は、生徒たちの成長の度合いを測るための道具として利用されているものであった。

「火炎玉《ファイアボール》」「風列刃《ウインドエッジ》」


点数の結果は、17点、15点、21点、23点と大差のない数字が並んでいく。

なんというか、退屈な光景だな。

最初の試験の時から比べると多少は数値が伸びているのかもしれないが、今のところ大きな変化は見られない。


「次、学生番号2181番、アルス」


そうこうしているうちに、俺の出番が回ってきたみたいだ。

さてさて。

どうしたものか。

周囲のレベルに合わせるのであれば、俺も30点以内のスコアに収めるべきなのかもしれない。

だがしかし。
過去の試験で、俺は既に高得点を叩き出したことがあったからな。
露骨に調整をすれば、手を抜いたことがバレるだろう。

「火炎玉《ファイアボール》」

悩んだ末に俺は、ほどほどの力加減で魔法を使ってみることにした。
どれどれ。スコアは『188点』か。
前回の試験を僅《わず》かながらに上回る、我ながら絶妙な力加減である。

「おいおい。あの庶民《しょみん》、またスコアを伸ばしてやがるぞ……」
「クソッ。またアイツが1位で決まりかよ……」

他のクラスメイトたちからの視線が痛い。
やれやれ。
これでも相当、加減をしたつもりだったのだけどな。

俺が本気を出して魔法を使ったら、ここら周囲は焼け野原では済まないだろう。

「ねえ。アルスくん。もしかして今の魔法って、手を抜いていたりするの？」

「……さあ。どうだろうな」

むう。他のクラスメイトたちは騙《だま》せても、勘の鋭いルウにはお見通しのようだな。

魔法の威力は上手《うま》く調整できたが、俺としたことが演技の方は、疎《おろそ》かになっていたのかもしれない。

「ふふふ。もっと本気を出してくれないとワタシも追いついちゃうかもよ」

どうやら俺に続いて試験を受けることになったのは、ルウのようだ。

「次、学生番号2182番、ルウ」

リアラに呼ばれて、白線の上に立ったルウが一呼吸の間の後、魔法陣の構築を開始する。

「氷結矢《アイスアロー》」

ルウの使用したのは、水属性の基本魔法である氷結矢《アイスアロー》だ。

しかし、その力強さは、前に見た時と比べて、見違えるようにレベルアップしているようだった。

「「「おおおおおお！」」」

ルウの魔法を前にした生徒たちの間に、本日二回目となる騒《ざわ》めき声が上がった。

ふむ。表示された数字は『181点』か。

たしかに少し気を抜けば、追い抜かれていたかもしれないな。

「やった！　最高記録更新！」

実際、ここ最近のルウの成長は、たいしたものだ。

学生のレベルで、これほどの魔法を使えるのであれば、卒業後の進路は引く手あまたのものとなるだろう。

「次、学生番号2183番、レナ」

む。最後になって、気になる生徒が現れたようだ。

リアラに呼ばれて、白線の上に立ったレナが魔法陣の構築を開始する。

このところ仕事が忙しくて、レナの訓練の様子を見てやる時間がなかったのだが、本人が真剣に訓練に取り組んでいたのだということは、目を見れば理解できた。

ふむ。どのくらい腕が上がったのか見ものだな。

「火炎玉《ファイアボール》！」

次の瞬間、俺の視界に入ったのは、少し予想外の光景だった。

「おいおい……。嘘だろ……」

「この点数って……⁉」


試験結果を受けたクラスメイトたちは、俄《にわか》に衝撃を受けることになった。

石の中に映し出されたスコアは『２０３点』である。

俺を含めて２００点代に突入した生徒は初めてだ。

まあ、俺の点数は参考にはならないのだが、ルウの点数との比較には意味がある。

今までの試験ではルウの方がずっと上回っていたのだが、初めて二人の点数が逆転したのだ。


「恋も、魔法も、負けませんから」


俺の思い過ごしだろうか？

小さくガッツポーズをしたレナは、誰にも聞こえないような小さな声で、そんな言葉を呟《つぶや》くのであった。

あとがき

柑橘《かんきつ》ゆすらです。

『王立魔法学園の最下生』、第三巻如何《いかが》でしたでしょうか。

今回の話は、シリーズ史上の中でもノリノリで書けたような気がします。

ネタバレを含みますが、特に好きなシーンはアルスくんが自宅でハーブを栽培《さいばい》しているところをルウに紹介するところです。

このシーンは、作者が一人暮らしをスタートさせた頃、知り合いのライトノベル作家の家に遊びに行ったときにあった、実際の出来事を参考にして書きました。

リアルの知人にやられると『うぜえええええええええええええ！』となったのですが、『待てよ、ウチのアルスくんに似たようなことをさせたら恰好《かっこう》よいのでは?』と閃《ひらめ》きました。

作家の仕事は、何処《どこ》からアイデアが下りてくるか分からないので楽しいです。

本来このシリーズは三巻で終わりの予定で、それに向けて、この話で完結しても良いように
プロットを組んでいたのですが、おかげさまで売上げが好調ということで、もう少しだけ続けて良いよ、ということになりました。

応援して下さった読者の皆様のおかげです。ありがとうございます。

それでは。

次の巻でも読者の皆様と出会えることを祈りつつ――。

柑橘ゆすら

この作品の感想をお寄せください。

あて先　〒101-8050　東京都千代田区一ツ橋2-5-10
集英社　ダッシュエックス文庫編集部　気付
柑橘ゆすら先生　青乃 下先生

ダッシュエックス文庫

王立魔法学園の最下生3
～貧困街《スラム》上がりの最強魔法師、貴族だらけの学園で無双する～

柑橘ゆすら

2022年4月27日　第1刷発行

★定価はカバーに表示してあります

発行者　瓶子吉久
発行所　株式会社　集英社
〒101−8050　東京都千代田区一ツ橋2−5−10
03(3230)6229(編集)
03(3230)6393(販売／書店専用) 03(3230)6080(読者係)
印刷所　株式会社美松堂／中央精版印刷株式会社

ISBN978-4-08-631467-1 C0193

大好評発売中！
原作 柑橘ゆすら
漫画 長月郁
ヤングジャンプコミックス
週刊ヤングジャンプにて
大好評連載中！
原作 柑橘ゆすら
漫画 長月郁
5
王立魔法学園の最下生

超規格外の
完全無双
学園ファンタジー!!
コミックス1~5巻
王立魔法学園の最下生
～貧困街《スラム》上がりの最強魔法師、貴族だらけの学園で無双する～

2022年 YJC ダッシュエックスコミックス
4月刊 大好評発売中!!
DASH X COMIC INFORMATION
無能の少年が最強パーティで大覚醒!!
黒猫の剣士①
～ブラックなパーティを辞めたらS級冒険者にスカウトされました。今さら「戻ってきて」と言われても「もう遅い」です～
[原作]妹尾尻尾 [漫画]そら蒼
[キャラクター原案]石田あきら
敵は蘇りし円卓の騎士!?
ティグルとリムの新章開幕!
魔弾の王と聖泉の双紋剣《カルンウェナン》①
[原作]瀬尾つかさ [漫画]bomi
[原案]川口 士 [キャラクターデザイン]八坂ミナト
能力そのまま転職し、華麗に過激に再出発!!
遊び人は賢者に転職できるって知ってました?⑥
～勇者パーティを追放されたLv99道化師、【大賢者】になる～
原作／妹尾尻尾 漫画／柚木ゆの
キャラクター原案／TRY
2つの能力を組み合わせ最強へ駆け上がる!
カット&ペーストでこの世界を生きていく⑨
原作／咲夜(ツギクル) 漫画／加藤コウキ
キャラクター原案／PiNe・乾 和音・茶餅
神速と万能スキルで異世界ライフは超楽勝!?
異世界に来た僕は器用貧乏で素早さ頼りな旅をする⑤
原作／紙風船 漫画・キャラクター原案／こちも
コンテ／雀村アオ
充実しかない異世界マイホーム生活満喫中!
俺の家が魔力スポットだった件⑫
～住んでいるだけで世界最強～
原作／あまうい白一 漫画／chippi
コンテ／おおみね キャラクター原案／鍋島テツヒロ
破格の待遇で、美女魔王の右腕やってます!
失業賢者の成り上がり⑦
～嫌われた才能は世界最強でした～
原作／三河ごーすと
漫画／おおみね
弓使いの青年が織りなすファンタジー戦記!
魔弾の王と凍漣の雪姫②
原作／川口 士 漫画／的良みらん
キャラクターデザイン／美弥月いつか
可愛すぎて尊い、話題のガールズラブコメ♥
わたしが恋人になれるわけないじゃん、ムリムリ!(※ムリじゃなかった!?)④
原作／みかみてれん 漫画／むっしゅ
キャラクター原案／竹嶋えく
水曜日はまったり ダッシュエックスコミック
ニコニコ漫画にて大好評配信中!!
水曜日はまったりダッシュエックスコミック で検索!